외롭지만 불행하진 않아

이소원 에세이

『외롭지만 불행하진 않아』

내 뜻대로 되지 않는 세상일지라도

남들보다 조금 더딜지라도

때로는 외로울지라도

사람은 혼자만의 힘으로 살아갈 수 없어요.

꿈 많던 18세 소녀는 행방불명됐던 엄마의 전화 한 통으로 탈북을 결심합니다.

잠시 제 이야기를 들려드리자면, 제가 9살이 되던 해 엄마가 행방불명되었고요. 그다음 해엔 아빠도 선박사고로 세상을 떠났어요. 어린 나이에 예상하지 못했던 가족과의 이별은 견디기 힘든 시간이었어요. 그렇게 지낸 세월이 어느덧 9년. 다행히 시간이 흘러 중국에서 엄마를 다시 만났지만, 얼마 되지 않아 엄마의 북송으로 저는 또다시 엄마와 이별해야 했어요. 어릴 적부터 현재까지 홀로 꿋꿋이 힘든 삶을 살아왔던 거죠. 사실, 불과 몇 년 전까지 저는 스스로를 외톨이라고 생각했어요. 가족도, 친구도, 저를 도와줄 사람은 이 세상에 아무도 없다고 생각했거든요. 그러나 삶은 그렇지 않더라고요. 탈북을 결심하고 한국에 오기까지의 모든 과정을 돌이켜보면 혼자 해결한 일도 많았지만, 그 못지않게 도움의 손길도 많았으니까요.

앞으로 이어질 글은 힘겨웠던 북한에서의 유년 시절, 탈북을 위한 과정, 그리고 녹록지 않았던 한국에서의 제 삶에 관한 이야기입니다. 파도처럼 거세게 몰아치는 위기의 순간에도 제가 삶의 끈을 놓지 않았던 이유는 그리운 제 가족과 제 주위를 맴돌며 도와주셨던 분들이 계셨기 때문입니다.

혹시 스스로가 외톨이처럼 느껴진다면 조용히 눈을 감고 생각해보세요. 분명 누군가의 도움이 있었을 거예요. 세상에 사연 없는 사람 없으며 아픔이 없는 사람도 없어요. 다만 그 아픔의 깊이가 다를 뿐이죠. 제 글이 힘들고 지친 여러분에게 조금이나마 위로가 되었으면 하는 바람입니다.

내 뜻대로 되지 않는 세상일지라도

짧은 행복

　우리 가족이 한자리에 모여 앉아 함께 밥을 먹은 지가 벌써 20년이 다 되어가요. 어쩌다 보니 가족들과 뿔뿔이 흩어져서 살고 있거든요. 아빠는 어렸을 적에 돌아가셨지만, 엄마와 동생은 현재 북한에서 살고 있어요. 동생이라도 엄마와 함께 살고 있어서 얼마나 다행인지 몰라요. 아프거나 힘든 일이 생겼을 때 누군가 옆에 있다는 것만으로도 큰 위로가 되니까요. 그런 면에서 엄마 옆에 동생이, 동생 옆에 엄마가 있다는 것이 참 다행이란 생각이 들어요. 돌이켜보면 우리 가족이 함께한 추억이 별로 없는 것 같아요. 애써 기억해보면 너무 어렸을 적 일이긴 하지만, 온 가족이 모여앉아 밥을 먹으며 도란도란 이야기 나눴던 때가 어렴풋이 기억나요. 지금도 기억나는 건 밥을 먹을 때마다 아빠가 항상 물을 떠오라는 심부름을 시켰던 일이에요. 그때는 물 뜨러 가는 게 얼마나 귀찮고 싫었는지 몰라요. 일부러 아빠와 밥을 같이 안 먹은 적도 있으니까요. 온 가족이 다 같이 밥을 먹을 때면 동생과 저는 서로 물 뜨러 가는 것이 싫어 서로 눈치를 보곤 했어요. 그러다 아빠가 물 떠오라고 시키면 그 자리서 가위바위보를 하거나 동생을 달래서 물을 떠오도록 한 적도 많아요. 다행히 동생은 저를 따라서 언니 오빠들이랑 노는 것을 좋아해서 나중에 놀러 갈 때 데려가겠다고 달래면 동생은 뭐든 다 들어주었거든요.

아쉽게도 너무 어렸을 적에 가족과 함께 살았던 것이 전부라 기억하려고 해도 기억할만한 가족과의 추억이 많지 않아요. 애써 기억해보면 당시엔 너무 싫었지만, 아빠의 물심부름을 했던 기억이 저에겐 가장 평범하고 행복했던 순간이었던 것 같아요. 누군가에게는 당연한 일상이 제게는 유일한 가족과의 추억이 된 거죠.

어렸을 적 외할머니께서 항상 제게 하시던 말씀이 있어요. "어디 가서 부모 없이 자랐다는 말 듣지 않게 행동 조심하고 무시당하지 않으려면 배워야 한다."고요. 외할머니는 부모님을 대신해 때로는 따뜻하게, 때로는 누구보다 엄하게 키워주셨죠. 돌아가시기 전 치매에 걸리셔서 제게 상처를 많이 주셨지만, 누구보다 저를 아끼고 사랑해주셨던 분이라 더욱 그립고 보고 싶어요. 일찍이 부모님의 사랑을 많이 받지 못한 저에게 할머니의 사랑마저 없었다면 아마도 지금의 저는 없었을 거예요. 너무 평범하고 일상적인 것들은 이제 제게는 특별한 희망 사항이 되었어요. 일찍이 평범한 일상의 무너짐을 경험하면서 느낀 점은 이 세상에 당연한 것은 없다는 것이에요.

혹시 지금 밥상에 반찬이 맛이 없다고 부모님께 투정하거나, 혹은 부모님으로부터 핀잔을 받아 불만인가요? 그렇다면 이 말을 기억해주었으면 좋겠어요. 별 볼 일 없어

보이는 일상도 누군가에게는 간절히 원해도 이루어지지 않는 일이라는 것을요. 부모님의 잔소리도 현재 곁에 있다는 증거이니 부디 그 사실을 잊지 말고 서로 상처보다는 감사의 마음을 전하며 살았으면 해요. 누군가를 미워하고 증오하면서 살기엔 우리의 인생이 그리 길지 않으니까요. 저는 현재 가족이 없이 이곳에서 홀로 살아가고 있지만 힘들고 지칠 때마다 버틸 수 있는 이유는 딱 한 가지예요. 어렴풋이 기억나는 어렸을 적 가족과의 추억과 엄하게 저를 키워주신 할머니, 할아버지에 대한 행복했던 추억이 있기 때문이죠. 아빠의 마지막 부탁도, 할머니 할아버지의 마지막 모습도 보지 못한 것이 평생의 한으로 남았지만, 그래도 괜찮아요. 그리워하고 잊지 말아야 할 존재가 있다는 것만으로 충분히 위안이 되니까요.

엄마의 행방불명

어렸을 적 저는 아빠 덕분에 꽤 부유한 생활을 누리고 살았어요. 제 기준에서 부유함이라고 한다면 적어도 먹고 싶은 것이나 가지고 싶은 것들을 원하면 다 가지고 먹을 수 있는 것이었어요. 과자나 생선 등 모든 것이 대량으로 집에 있었거든요. 말 그대로 친구들의 부러움을 한 몸에 받으며 살았어요. 아빠가 경찰 일을 할 당시에 회사에서 개인 차를 몰고 다녔는데, 어떻게 차를 가지고 다녔는지는 잘 몰라요. 어찌 됐든 아빠는 한 번씩 장거리 출장을 다녀오면 항상 과자나 장난감 등 집에 필요한 것들을 대량으로 사 오셨어요. 그래서 저와 동생은 아빠가 출장 가면 날짜를 세어 가며 아빠가 오기만을 손꼽아 기다리곤 했어요.

그러나 아빠의 직업이 좋다는 이유로 친가, 외가 쪽의 형제자매들의 도와달라는 부탁이 늘어나기 시작하면서 제가 누렸던 부유한 생활도 오래가지 못했어요. 당신이 당장 먹을 것이 없어도 남들을 도와줘야만 직성이 풀리는 엄마는 친척들의 부탁을 거절하지 못하고 도와주었거든요. 친척들의 부탁이 지속되면서 우리 집안 형편은 점점 어려워지기 시작했고 결국, 아빠가 받는 급여와 배급(배급은 급여와 별개로 매달 정해진 양의 쌀이나 옥수수(알갱이)를 주는 것을 뜻함)으로는 말 그대로 감당이 안 됐어요. 게다가 경찰의 아내는 일하면 안 된다는 법적 제한이 있어 엄마가 일할 수도 없었거든요. 아빠는 이대로는 안 되겠다 싶었는지 엄마와 무슨 일을 하면 돈을 잘 벌 수 있을지 이야기했어요. 그러던 어느 날 저녁, 아빠는 밥을 먹으며 엄마에게 말했어요.

"배 타면 어떨까?"

"배?"

엄마는 갑자기 무슨 말이냐는 듯이 어리둥절한 표정으로 아빠에게 다시 물었어요.

"그러니까 당신 말은 바다에 나가서 오징어(북한에서는 오징어를 낙지라고 함. 편의상 오징어로 기재)를 잡겠다는 거야?"

"그렇지, 요즘 오징어가 잘 잡히는데 마른오징어가 비싸니까 오징어 잡아서 직접 말려서 팔면 돈 많이 벌 수 있어!"

"근데 배 같이 탈 사람도 있어야 하고, 허가도 받아야 하잖아."

"그거는 배 가지고 있는 선장만 찾으면 돼! 중요한 건 배를 타려면 오징어를 잡는 데 필요한 그물이나 장비를 살 돈이 필요한 거지. 10만 원만 있으면 될 것 같은데 돈 빌릴 곳이 없을까?"

아빠는 엄마가 돈을 빌려다 주기만 하면 당장에라도 배를 탈 수 있다는 듯, 확신에 찬 목소리로 말했어요. 엄마는 아빠의 말을 듣고 한참을 고민하더니 말했어요.

"만약 돈 10만 원 빌려다 주면 경찰 일은 그만두려고?"
"그렇지, 그만둬야지! 쥐뿔만 한 월급에 적은 배급으로 어떻게 살아."

아빠는 얘기하면서 감정이 격해졌는지 화가 섞인 말투로 투박하게 말했어요.

"알겠어. 일단 될지는 모르겠지만 한번 알아볼게."

당시에 10만 원이라는 금액은 꽤 큰 돈이었어요. 엄마는 돈을 빌려보겠다고는 했지만, 걱정됐는지 설거지하는 내내 표정에 근심이 가득했어요.

다음 날 아침 엄마는 동생과 저에게 밥을 차려 주면서 돈 빌리러 다녀올 테니 학교 꼭 다녀오라고 못 박아놓고 갔어요. 혹시라도 엄마가 늦으면 기다리지 말고 아빠랑 저녁을 챙겨 먹으라면서요. 평소와 다를 게 없는 엄마의 말에 저는 가볍게 대답했어요. 그날 저녁 동생과 전 엄마 대신 저녁을 차려놓고 아빠와 엄마를 기다렸지만, 엄마는 오지 않았고 퇴근한 아빠는 오자마자 엄마는 어디 갔냐고 물었어요. 아빠의 물음에 저는 돈 빌리러 갔다고 말했어요. 엄마는 우리가 저녁을 다 먹을 때까지도 돌아오지 않았고 그렇게 다음 날, 다음 달, 다음 해가 되어도 돌아오지 않았어요.

아빠는 엄마의 행방을 찾기 위해 엄마의 지인들을 찾아다니기 시작했어요. 아빠는 당시 아빠와 같은 부서에서 일하던 경찰 아저씨 아내와 엄마가 같은 동네에 살면서 친하게 지냈던 기억이 났는지 그 집부터 찾아갔어요. 저는 그 아줌마를 이모라고 불렀어요. 아빠는 그 집에 다녀와서 저와 동생을 앉혀 놓고 망연자실한 표정으로 말했어요. 동생과 저는 영문도 모른 채 무릎을 꿇고 앉았어요. 저와 동생에게 아빠는 무서운 존재였거든요. 그래서 아빠 앞에 앉을 때는 항상 무릎을 꿇고 앉는 것이 습관이 되어 있었죠. 아빠는 저와 동생을 한 번씩 번갈아 보며 말했어요. 사실 아빠는 엄마가 없어졌을 당시 이미 엄마가 어디로 갔는지 짐작하고 있었지만, 엄마가 곧 올 거라는 선의의 거짓말로 저와 동생을 안심시켰다고 했어요. 어찌 됐든 저와 동생은 1년간 모르고 살았던 엄마의 행방에 대해 알게 되었어요.

"이모가 그러는데 엄마가 돈 벌러 간다며 충심이 엄마랑 중국에 다녀온다고 했대."

충심이 엄마라는 사람은 당시 중국에 자주 오가기로 유명한 사람이었어요. 엄마랑은 기존에 친분이 있었는지는 모르겠지만 중요한 것은 그 사람과 엄마가 함께 없어졌다는 사실이었어요. 사실, 아빠의 말을 듣고도 믿기지 않았어요. 생각해보니 엄마가 떠나던 날 아침에 제게 학교잘 다니고 밥 잘 챙겨 먹고 있으라고 했던 말은 엄마가 없는 동안에도 학교 잘 다니고 밥 잘 챙겨 먹으라는 당부였어요. 하지만 당시엔 그 말의 의미를 알아차리지 못했어요. 설마 엄마가 어린 동생과 저를 두고 어딘가로 떠날 것이라고는 상상도 못 했으니까요. 그렇게 엄마와 이별하고 동생과 저는 매일매일을 대문 소리에 귀 기울이며 엄마가 돌아오기를 손꼽아 기다렸지만, 야속하게도 엄마는 돌아오지 않았어요. 엄마의 생사마저 확인할 수 없다는 것이 저를 더 불안하게 만들었어요. 당시 중국에 팔려 가는 여자들이 많다는 소문이 한창 유행하면서 동네에는 이미 엄마가 중국으로 팔려 갔을 것이라는 추측들이 난무했거든요. 결국, 아빠는 엄마의 행방불명이라는 이유로 회사에서 권고사직을 당하고 우리 가족은 위태로운 생활을 시작하게 되었어요.

새엄마

　엄마가 행방불명됐다는 이유로 회사에서 권고사직을 당한 후 아빠는 많이 힘들어했어요. 엄마가 죽었는지, 살았는지도 모르는데 행방불명이라는 이유로 하루아침에 퇴사를 시키다니 참으로 억울하고 기가 막힌 일이었죠. 당시에 아빠는 경찰 일을 그만두면 할 수 있는 일이 없었어요. 하루아침에 권고사직을 당한 아빠는 며칠째 술만 마시며 괴로워했어요. 저와 동생을 먹여 살려야 하는데 당장 당신이 할 수 있는 일이 없다는 것에 좌절감을 느꼈거든요. 아빠는 저와 동생에게 해줄 수 있는 게 없어서 미안하다며 눈물을 흘리셨어요. 아빠가 눈물 흘리는 모습을 본 것이 그때가 처음이었던 것 같아요.

당시 동네에서도 엄마가 행방불명된 것을 알고 다들 쉬 쉬하고 있었어요. 아빠가 해고당하고 며칠이 지난 어느 날, 동네 아줌마 한 분이 집으로 찾아오셨는데 어떤 사람 이었는지는 정확히 기억나진 않아요. 다만 아빠에게 아이 들은 먹여 살려야 하지 않겠냐며 여자를 소개받으라는 제 의를 하러 왔던 것은 확실히 기억나요. 아빠는 엄마가 없 어진 지 얼마나 됐다고 벌써 다른 여자를 만나겠냐며 소개 팅을 거절했어요. 그러나 며칠 후 아줌마는 다시 아빠를 찾아왔어요. 아줌마는 한 번만 만나보고 결정해도 되지 않겠느냐며 애들 생각해서라도 만나보라고 권유했어요. 아빠는 우리를 먹여 살려야 한다는 말에 일단 알겠다고 답 했어요. 나중에 알게 된 사실이지만, 아빠는 저와 동생을 먹여 살리기 위해서 소개팅에 나갔다고 했어요. 반면 여자 분은 혼자(이혼 후 아이가 없었다고 해요)임에도 아이가 둘이나 있는 아빠를 무척이나 좋아했어요. 나중에 새엄마에게 전해들은 이야기로는 아빠가 새엄마를 만나는 조건으로 우리 먹을 것을 해결해 달라고 했다고 하더라고요. 새엄마의 말을 듣고 아빠가 그동안 동생만 예뻐하고 저는 싫어한다고만 생각했었는데 저 혼자만의 착각임을 깨달았어요.

그렇게 아빠와 새엄마는 새엄마 집에서 지내고, 저와 동생은 아빠가 없는 빈집에서 지내게 되었어요. 동생과 저는 처음엔 그분을 새엄마로 받아들일 생각이 없었기에 새엄마라고 부르지 않았어요. 먹을 것을 주러 오면 호칭은 생략하고 "감사합니다. 잘 먹겠습니다." 등의 표현만 했으니까요. 새엄마 역시 우리에게 새엄마라 부르라고 강요하지 않았어요. 엄마가 없어진 지 얼마 지나지도 않았는데 새엄마라니, 어린 저와 동생은 이 모든 상황을 받아들이기 무척 힘들었어요. 그때부터 저와 동생은 서로 의지하며 아빠와 엄마가 없는 집에서 단둘이 지내야 했어요. 그러나 아빠가 새엄마와 살게 된 지 얼마 후 두 분이 우리 집으로 들어와 함께 살게 되었어요. 그동안은 새엄마가 우리에게 먹을 것을 주려고 한 달에 두 번 정도 왔다 가곤 했었는데 말이죠. 아빠 말에 의하면 처음에 아빠가 새엄마와 살았던 이유는 새엄마가 우리와 같이 살고 싶지 않다고 했대요. 그러나 아빠의 계속된 설득 끝에 새엄마가 우리 집으로 들어오게 된 거죠. 아빠는 다시 집으로 돌아와 우리와 함께 산다는 생각에 기뻐셨나 봐요. 오랜만에 본 아빠 얼굴은 전과 다르게 밝은 모습이었거든요. 동생과 저 둘이 살 때는 항상 소금물에 국수만 먹고 살았었는데 아빠가 집에 와서 오랜만에 쌀밥을 먹게 되었어요. 몇 달 동안 매일 소금물에 국수만 먹고 지내던 우리에게는 정말 오랜만에 맛보는 쌀밥이었어요. 아빠, 새엄마와 함께 밥상에 마주 앉아 밥을 먹는데 갑자기 눈치가 보였어요. 우리 엄마가 아닌 낯선 여자가 담아준 밥을 다 먹어도 될지, 조금은 남겨야 할지 눈치가 보였던 거죠. 알고 보니 동생도 저와 마찬가지로 눈치를 보고 있었어요.

원하든, 원하지 않든 저와 동생에게는 새엄마가 생겼고 같이 살게 되었어요. 새엄마는 저와 동생에게 크게 좋거나 나쁜 부분이 별로 없었어요. 어쩌면 새엄마의 존재를 받아들이지 않아서 그랬던 것일지도 모르겠어요. 새엄마로 인정은 안 해줬지만, 우리 아빠를 사랑하고 만났던 당신, 그리고 저와 동생에게 먹을 것을 마련해 준 당신에게 감사의 말을 전해요. 아빠가 돌아가신 후 매일같이 눈물 흘리며 아빠를 기다리던 당신의 모습을 지금도 잊을 수가 없어요. 이제는 그 아픔 모두 잊고 행복하고 편안한 삶을 살아가기를 바라는 마음이에요.

아빠의 마지막 부탁

저에게 아빠는 늘 엄하고 두려운 존재였어요. 엄마가 행방불명되기 전부터 아빠의 술버릇이 안 좋았지만, 엄마가 행방불명된 후 아빠의 술버릇은 점점 더 심해졌거든요. 술을 안 마셨을 땐 말 없이 차분한 사람이었지만, 술만 마시면 폭력적으로 변했으니까요. 저는 술만 마시면 폭력적으로 변하는 아빠의 모습이 싫어 집에서 도망 나온 적도 많아요. 하지만 동생은 그러지 않았어요. 그래서인지 아빠는 저보다는 당신 닮은 동생을 참 예뻐했어요. 동생은 아빠를 닮아서인지 부엉이같이 큰 눈에 오똑한 코와 짙은 눈

섭까지, 제가 봐도 참 예뻤어요. 어린 마음에 아빠가 동생만 예뻐하는 것 같아 질투가 났었는지 아빠와 말도 잘 안하고 친해지려고 하지도 않았어요. 당시에는 몰랐는데 지금 생각해보면 저도 아빠에게 사랑받고 싶었던 것 같아요. 엄마가 행방불명되고 난 후 저에겐 아빠밖에 없었으니까요. 그러던 어느 날 아빠가 술을 마시며 저와 동생을 밥상 앞에 불러 앉혔어요. 동생과 저는 아빠가 술 마시는 모습을 보며 조금은 긴장하고 있었어요. 엄마가 없어지기 전까지 아빠는 술만 마시면 당신도 모르는 폭력성이 나와 엄마는 물론 집안의 모든 가구류, 집기류 등 손에 잡히는 대로 때려 부쉈거든요. 문제는 다음 날이면 당신이 한 짓을 기억하지 못하고 오히려 집이 왜 이렇게 됐냐며 되묻는 것이 일상이었죠. 그런 아빠의 술버릇 때문에 아빠가 술을 마시는 날이면 긴장하지 않을 수가 없었어요. 저와 동생을 번갈아 보던 아빠는 술을 한잔 들이켜더니 갑자기 흐느끼면서 울기 시작했어요.

"아빠가 미안하다……. 밥 한 끼 제대로 못 해 먹이고 맨

날 국수만 먹게 해서."

　서럽게 흐느끼는 아빠의 모습을 보면서 저도 참고 있던 눈물이 터져 버렸어요. 결국, 저와 아빠의 모습을 지켜보던 동생까지 울음을 터트리며 우리 집은 한순간에 울음바다가 되고 말았어요. 한참을 흐느끼던 아빠가 갑자기 제 이름을 부르며 혼잣말처럼 중얼거렸는데 술에 취한 상태로 얘기하셔서 무슨 말인지는 정확히 알 수 없었어요. 하지만 제 이름을 부르며 큰 소리로 말하는 것으로 봐서는 저에게 한 소리 하는 것 같았어요. 아빠는 술에 취해 떨구고 있던 고개를 번쩍 들더니 저를 가리키며 집에서 나가라고 소리쳤어요. 아빠의 술버릇이 또 나온 것이었죠. 하지만 엄마도 없는 그 상황에서 아빠의 그런 행동은 어린 저의 마음에 큰 상처를 남겼어요. 저는 또 자존심은 세서 아빠의 나가라는 말이 끝나기 무섭게 옷을 주섬주섬 챙겨 입고 집을 나왔어요. 동생은 울면서 가지 말라고 저를 말렸지만 그런 동생의 말도 뿌리치고 집을 나와버렸어요. 동생은 저와 달리 속이 참 깊은 아이였어요. 제가 없으니 본인이라도 아빠 곁에 있어야겠다는 생각이었는지 저를 따라 나서지는 않았어요. 그때 동생을 혼자 집에 남겨두고 나온 것이 지금도 미안한 마음으로 남아있어요.

당시 외할머니 집까지 가려면 걸어서 약 1시간 반 정도 가야 했어요. 조금 더 빨리 가기 위해 일반 도로가 아닌 산길로 갔어요. 가로등 하나 없는 캄캄한 산길을 혼자 걸어가는 것이 무서웠지만, 가야만 했어요. 그렇지 않으면 폭력적인 아빠를 피할 방법이 없었으니까요. 외할머니 집 앞에 도착해서는 할머니를 부르며 바로 뛰어 들어갔어요. 할머니, 할아버지는 이미 잠자리에 누워 잠을 청하고 있었어요. 설명을 따로 하지 않아도 할머니와 할아버지는 제가 온 시간이나 상황만 보고도 왜 왔는지 알았어요. 저는 그날 밤 집을 나온 이후로 집으로 돌아가지 않았어요. 그 후로 동생이 몇 번 찾아와서 아빠가 언니를 보고 싶어 한다며 집에 가자고 저를 설득했지만 가지 않았어요. 그로부터 며칠 후 제 친구들이 할머니 집으로 찾아왔어요.

"소원아, 소원아, 휴 힘들어⋯⋯. 너희 아빠가 너 꼭 데리고 와달래! 부탁이랬어, 가자. 응?"

친구들은 언덕 위에 있는 할머니 집까지 올라오느라 숨이 많이 찼는지 헐떡거리면서 제 이름을 불렀어요.

"안 가! 절대 안 간다고 전해. 무슨 일 있어도 안 가!"
"야, 그래도 아빠가 부르는데 가야지. 부탁한다고 우리까지 보냈는데 너무한 거 아니야?"

친구들은 짜증 섞인 말투로 말했어요. 하지만, 저는 가지 않았고 친구들은 어쩔 수 없이 돌아갔어요. 그 일이 있고 며칠 후 동생으로부터 아빠가 돌아가셨다는 소식을 전해 들었어요. 바다에 오징어 잡으러 나갔다가 집채만 한 파도가 아빠의 배를 덮쳐서 배가 전복됐다고 했죠. 저에겐 아빠가 너무 밉고 원망스러운 존재였지만 그래도 어떻게 이렇게 하루아침에 허무하게 죽을 수 있나 싶었어요. 아빠의 죽음이 믿기지 않았어요. 얼마 전까지만 해도 술을 마시고 저를 혼내던 사람이 갑자기 이 세상에 없다니 도저히 믿기지 않았어요. 더 슬픈 사실은 시신조차 못 찾았다는 것이었어요. 엄마가 행방불명된 지 얼마나 됐다고. 아빠까지 없으면 동생과 저는 이제 어떻게 살아야 할지 원망과 슬픔의 눈물이 멈추질 않았어요. 엄마가 없어지고 난 후 딱 1년 만에 아빠마저 세상을 떠나버리고 동생과 저는 한순간에 고아가 되어버렸어요. 아빠가 찾을 때 못 이기는 척 갔더라면, 아빠와 밥 한 끼라도 더 먹었더라면 이렇게까지 미안하고 마음이 아프진 않을 텐데, 그때의 부탁이 아빠의 마지막이 될 줄 알았더라면……. 이미 늦은 후회가 온 마음을 가득 채웠어요.

생전에 아빠의 모습은 술 먹고 폭력적인 면도 있었지만, 그보다는 참 조용한 사람이었어요. 자식들을 위해 최선을 다한 세상에 하나뿐인 우리 아빠. 이제는 그저 미안하고 그리운 존재가 되었네요. 그때 아빠의 부탁이 마지막인 줄 알았더라면 이유가 어찌 됐든 갔을 거예요. 하지만 슬픈 현실은 늘 그렇듯 예고 없이 찾아오죠. 지금까지도 한으로 남은 것은 아빠의 시신을 찾지 못하고 제사 한 번 제대로 못 해주었다는 것이에요. 또한, 가장 아쉬운 것은 아빠, 엄마의 사진 한 장이 없어 세월이 지날수록 두 분의 모습이 기억 속에서 점점 흐릿해져 가는 거예요. 제가 할 수 있는 것이 없다는 것도 죄송스럽고 한스러워요. 후회는 왜 항상 한발 늦게 찾아오는 것인지. 부디 하늘나라에서는 어떠한 고통도 없이 편안히 쉴 수 있기를 기도해요. 후회해도 이미 되돌릴 수 없는 현실을 받아들이며 짧았지만, 행복했던 아빠와의 추억을 안고 살아갈 뿐이에요.

보금자리를 잃다

엄마의 행방불명 이후 아빠도 돌아가시고 저와 동생에게 남은 것이라고는 집 하나뿐이었는데 그것마저 빼앗기게 되었어요. 당시 우리가 살았던 집은 아빠가 경찰이었을 때 국가로부터 분양받은 주택이었는데 아빠가 돌아가시고 난 후 우리 집에서 살겠다며 무작정 들어온 사람들이 있었어요. 엄마의 행방불명과 아빠의 선박사고. 연이은 부모님과의 이별의 상처가 아물기도 전에 다짜고짜 집을 내놓으라며 무작정 우리 집으로 쳐들어온 사람들은 경찰서 직원의 가족이었어요. 아빠가 생전에 알고 지내던 사

람은 아닌 것 같았어요. 한 번도 본 적 없는 사람이었거든
요. 저와 어린 동생 둘만 사는 집에 쳐들어와 자기들이 여
기서 살아야 하니 저희보고 짐 싸서 나가라고 했어요. 너
무 기가 막히고 황당해서 무슨 말부터 해야 할지 몰랐어
요. 하지만 동생을 지켜야 한다는 책임감에 아저씨와 맞
서 싸웠어요.

"여긴 우리 집이에요. 그러니까 함부로 들어오면 안 돼
요! 얼른 나가세요."
"우리 집? 아비, 어미도 없는 주제에 무슨 집이야? 아저
씨가 좋게 말할 때 나가, 응?"
"싫어요! 안 나가요. 절대! 할머니, 할아버지한테 일러서
아저씨 가족 내쫓을 거예요."
"그래? 그럼 어디 한번 해 봐."

그 사람은 코웃음을 치며 해볼 테면 해보라는 식으로 비
아냥거렸어요. 절대 안 나갈 것이라고 당당하게 말했지
만, 사실은 너무 두려웠어요. 우리를 지켜줄 사람이 아무

도 없는데 정말로 쫓겨나면 어디로 가야 하지? 동생이랑 둘이 앞으로 어떻게 살아야 하지? 나이가 어려서 일 시켜주는 곳도 없을 텐데 걱정이 태산이었어요. 결국, 그날은 어쩔 수 없이 그 사람들과 한집에서 잠을 자게 되었어요.

다음 날 아침 그 사람들은 이미 집주인이라도 된 듯 저와 동생을 째려보더니 빨리 가서 살 곳을 알아보라며 약 올렸어요. 저는 동생을 데리고 먼저 외할머니 집으로 갔어요. 그리곤 외할머니, 할아버지에게 자초지종 설명했어요. 외할머니, 할아버지도 화가 나셨지만 달리 해결해줄 방법이 없었어요. 결국, 큰고모를 찾아가기로 했어요. 평소에 큰고모네 집과는 왕래를 자주 하진 않았지만, 현재 상황에서 누구를 가려가며 만날 상황이 아니었기에 도와줄 수 있는 사람이라면 누구든 찾아가야 했어요. 저와 동생은 손을 꼭 잡고 한참을 걸어 큰고모 집에 가서 다시 상황을 설명했어요. 평소 우리 집과 관계가 별로 좋지 않았던 큰고모는 역시나 우리를 반겨주진 않았어요. 그래도 어른의 힘을 빌릴 만한 사람은 큰고모뿐이었어요. 외가 쪽

이모들은 다 멀리서 살고 있어서 도움을 요청해도 도와줄 수 있는 상황이 아니었거든요. 어찌 됐든 큰고모도 당신의 동생을 잃고 얼마 지나지 않아 조카들에게 이런 일이 생겨서 많이 힘들어했어요. 그래도 조카들이니 무시하고 넘어갈 수는 없었는지 새엄마에게 연락하여 같이 집을 찾는 데 힘 써주겠다고 했어요. 며칠 동안 큰고모와 새엄마는 집을 다시 찾아 주겠다며 열심히 알아봤지만 결국 집은 돌려받지 못했어요. 나중에 큰고모에게 전해 듣기로는 그 사람들이 우리 집에 함부로 쳐들어와 사는 것이 불법은 맞지만, 법적으로 그들을 처벌할 방법이 없다고 했어요. 그러면서 부모 없는 아이들에게 집을 맡기는 것도 말이 안 된다고 했죠.

그렇다면 우리는 앞으로 어디서 어떻게 살아야 할지 앞길이 막막하기만 했어요. 당시 고작 10살인 제가 7살인 어린 동생을 어떻게 먹여 살려야 할지 정말 한숨만 나왔어요. 집을 찾아 주겠다며 몇 날 며칠을 고생하며 돌아다녔던 새엄마와 큰고모도 집을 찾아 주지 못해 미안하다며 속상해

했어요. 큰고모는 미안하다고는 하면서도 저와 동생을 책임져주겠다는 말은 하지 않았어요. 어쩔 수 없이 동생과 저는 외할머니 집으로 가게 되었어요. 외할머니 집은 제가 살던 집보다 더 익숙하고 편안한 곳이었어요. 동생과 저는 집을 찾아보겠다고 몇 날 며칠을 돌아다녔더니 너무 힘들어서 외할머니 집에 간 날은 밥을 먹고 바로 잠이 들어버렸어요. 다음 날 아침 일어나 보니 할머니는 아침 일찍 나가고 안 계시고, 할아버지가 텃밭에서 일하고 계셨어요. 동생은 많이 피곤했는지 곤히 자고 있었어요. 자는 동생의 얼굴을 보고 있으니 저도 모르게 눈물이 났어요. 아빠, 엄마 없는 것도 모자라 살 집마저 빼앗기다니 그 상황이 억울하고 분해서 눈물이 멈추지 않았어요. 한창 부모님 사랑받아야 할 나이에 살기 위해 여기저기 떠돌고 있는 어린 동생이 너무 가엽고 불쌍했어요.

집을 빼앗기기 전까지는 집의 소중함을 몰랐어요. 돌아갈 집이 있다는 것이 얼마나 행복한 일인지. 허름한 집이라도 두 발 뻗고 마음 편히 잘 수 있다는 것만으로도 얼마

나 행복하고 위안이 되는지 말이죠. 동생과 저는 그렇게
부모님도 여의고 집마저 빼앗기고 고아 아닌 고아가 되
어버렸어요.

동생과의 이별

외할머니 집에서 동생과 함께 지내는 것도 잠시였어요. 할머니 집 형편이 넉넉하지 못하여 동생과 제가 함께 살 수 없었거든요. 없는 살림에서는 한 사람이 있고, 없고의 차이가 컸거든요. 다행히 동생은 막내 이모가 데려가서 호적에 이름을 올려 딸로 키워주겠다고 했어요. 동생과의 이별은 슬프고 마음 아팠지만, 이모가 동생을 책임져준다는 말에 얼마나 감사했는지 몰라요. 이모가 동생을 데려가기 위해 청진(함경북도)에 왔는데 오랜만에 만난 이모가 반갑기도 하고 조금은 슬픈 마음이 들기도 했어요. 이모가 와서 기쁘고 즐거운 것은 사실이지만, 며칠만 있으면 동생과 저는 이별을 해야 했기 때문이었죠. 동생도 저와 떨어지는 것이 아쉬웠는지 제가 어디 심부름이라도 가게 되면 항상 저를 따라나섰어요.

지금 생각해보면 동생은 아빠 엄마보다도 언니인 저를 참 많이 따라 주었어요. 어렸을 적에 좀 더 잘해주지 못한 것이 못내 아쉽고 미안해요. 사실 동생과 같이 보낸 시간이 많지는 않아요. 저는 아주 어렸을 적부터 외할머니가 키워주셔서 엄마, 아빠보다도 할머니, 할아버지와 지낸 시간이 훨씬 많았거든요. 저에게 남은 유일한 가족인 동생을 떠나보내는 것이 못내 아쉽고 마음 아팠지만, 보내야만 했어요. 당시 제가 동생을 위해 해줄 수 있는 것이라곤 적어도 배는 곯지 않게 생활 형편이 조금 더 나은 이모 집으로 보내주는 것뿐이었으니까요. 외가 쪽은 무슨 이유에서인지는 모르겠지만, 동생보다는 저를 더 많이 예뻐해 주었어요. 그래서 이모도 처음에는 저를 데려가겠다고 했지만, 저는 할머니, 할아버지를 도우면서 살 테니 저 대신 동생을 데려가 달라고 부탁했어요. 결국, 이모는 그동안 살면서 언니인 우리 엄마에게 도움받은 것이 많으니 인간적인 도리로 제 동생을 딸로 키워주겠다고 했어요. 그리고 드디어 동생과 이모가 개성으로 떠나는 날이 다가왔어요. 평소 말이 별로 없는 동생은 그날도 역시 부엉이같이 큰 눈만 끔뻑일 뿐 아무 말도 하지 않았어요. 이모는 기차에 타며 동생에게 할머니, 할아버지, 언니한테 인사하라고 했어요. 그제야 동생은 작은 목소리로 말했어요.

"안녕히 계세요. 언니, 잘 있어…….."

동생은 머리 숙여 인사하고는 바로 기차에 올라탔어요. 이모는 할머니, 할아버지에게 건강히 잘 지내시고 다음에 또 오겠다고 말한 뒤 기차에 탔어요. 창가에 비친 동생의 모습은 어느 때보다 더 슬픈 표정이었어요. 평소 말이 없어 표현을 잘 하지 않는 동생이었지만, 그날 기차 창가에 비친 동생의 모습은 지금도 잊을 수가 없어요. 가기 싫다고 말 한번 하지 않고 엄마, 아빠가 보고 싶다는 투정 한번 안 부리고 묵묵히 이모를 따라 기차에 오르던 동생의 모습은 평생 잊지 못할 것 같아요. 동생과 이별한 지도 벌써 10년도 훌쩍 지났어요. 저의 기억 속의 동생의 모습은 어린 7살 아이의 모습에 머물러 있어요. 그때는 그 헤어짐이 이렇게 긴 이별이 될 거라 상상도 못 했죠. 지금 동생에 대해 느낄 수 있는 것이라고는 이별 당시의 동생의 말 없는 모습이 전부예요. 사랑한다고, 내 동생이 되어줘서 고맙다고 말해줬더라면 얼마나 좋았을까요.

미래에 일어날 일은 아무도 예측할 수 없어요. 그러니 부디 현재 옆에 있는 사람들에게 표현을 아끼지 않기를 바라요. 현재 옆에 있는 사람이 항상 당신 옆에 있을 것이라는 보장은 없으니까요. 가족이든, 친구든, 연인이든 내 곁에 있어 줘서 고맙다고 말이죠.

TV가 뭐라고

평소처럼 시장에 다녀온 어느 날. 집 문이 열려 있는 것을 보고 누군가 집에 있으려니 생각하고 아무 의심 없이 들어갔어요. 그런데 집에 있던 작은 TV가 보이지 않았어요. 당시 할머니 집에서 가장 귀한 물건이자 할머니와 할아버지의 유일한 낙이 TV였거든요. 처음엔 제가 잘못 본건가 싶어 다시 한번 둘러보았어요. 역시 TV는 보이지 않았고 TV 선반만 덩그러니 놓여있었어요. 그제야 집이 도둑맞았다는 사실을 알아차렸어요. 저는 너무 놀라 잠깐 넋 놓고 있다가 급하게 더 가져간 물건은 없는지 집안 여기저기를 찾아보기 시작했어요. 그 순간, 제가 가장 아끼던 구두도 가져갔다는 것을 알게 되었어요. 사실 도둑이라면 가장 중요한 쌀이나 귀중품을 가져갔을 텐데 마치 우리 집에 뭐가 있는지 알기라도 한 듯 장롱 깊숙이 숨겨놓은 제 구두와 TV만 가져간 것에 의문이 들었어요.

그 일로 저녁 집안 분위기는 어수선했어요. 안 그래도 살기 힘든 상황에서 집안의 유일한 재산이자 가족에게 재미를 주던 TV를 도둑맞았으니 오죽했을까요. 저도, 할아버지, 할머니도 한동안 아무 말도 없었어요. 방안에는 숨막히는 침묵만 흐르고 있었죠. 다음 날 아침 저는 늘 가던 도매시장에 갔어요. 도매시장에서 도매해온 채소들을 가지고 산 몇 개를 넘어 바닷가 마을로 갔어요. 도매시장에서 바닷가 마을까지는 걸어서 약 5시간 정도 걸려요. 왕복 10시간이 넘는 시간을 길에서 보내고 나면 실제로 채소를 팔 수 있는 시간은 몇 시간밖에 안 됐지만, 바닷가 마을은 채소가 귀해 가져가면 비싸게 팔아도 금방 팔고 올 수 있는 장점이 있었어요. 산을 몇 개 넘어가는 고생은 하지만 그만큼의 많은 돈을 벌 수 있었기에 포기할 수 없었어요. 아침 일찍 집에서 나가도 집에 도착할 때쯤 되면 항상 날이 어두워졌지만요.

TV를 도둑맞은 다음 날도 시간이 더 늦어지기 전에 집에 가려고 발길을 재촉했어요. 종종걸음으로 집으로 왔지만, 저를 반겨주는 사람은 아무도 없었어요. 평소 같으면 따뜻한 밥상을 차려놓고 "아이고, 우리 강아지 왔어?" 하며 반겨주던 할머니가 오늘은 따뜻한 밥 대신 퉁명스러운 말투로 이제 왔느냐는 한마디를 하고는 아무 말도 하지 않았어요. 할머니의 그런 반응이 조금은 낯설었지만, 서운하지는 않았어요. 어제 도둑맞고 난 이후로 집안 분위기는 그야말로 시한폭탄이 터진 듯 암울했기 때문이었죠. 온종일 걸어서 배가 고팠던 저는 부엌으로 가서 밥이랑 반찬을 찾아서 허겁지겁 먹었어요. 한창 밥 먹고 있던 저에게 할머니는 밥 다 먹고 이야기 좀 하자고 했어요. 할머니의 목소리만으로도 좋은 말을 하지 않을 것 같다는 느낌이 들었어요. 얼마나 배가 고팠는지 맛을 느낀다는 느낌보다는 위에 쑤셔 넣는 느낌으로 밥 한 그릇을 후딱 비웠어요. 설거짓거리는 대충 물에 불려 놓고 바로 방 안으로 들어갔어요. 냉기가 가득한 부엌과 다르게 방안은 따뜻했어요. 제가 따뜻한 아랫목에 앉자마자 할머니가 말했어요.

"네 생각에는 누가 TV를 가져간 것 같니?"
"글쎄…… 잘 모르겠는데? 근데 확실히 누군지는 몰라도 우리 집에 대해서 잘 알고 있는 사람 같아. 할머니 생각에는 누구 같은데?"

제 질문에 할머니는 한동안 말없이 창밖을 바라보더니 다시 말했어요.

"내 생각에도 우리 집에 대해서 잘 아는 사람 같긴 해."
"그렇지? 할머니도 그렇게 생각하지?"

저는 할머니도 저와 같은 생각을 하는 것 같아 조금은 신난 말투로 다시 말했어요. 할머니는 얘기하다 보니 감정이 북받쳤는지 짜증스러운 말투로 말했어요. 할머니 말대로 도둑질한 흔적과 시간을 봤을 때 우리 집 사람들의 생활을 잘 아는 사람임이 틀림없었어요. 우리가 집을 비운 시간과 도둑질한 시간이 매우 잘 맞아떨어졌기 때문이었죠. 또 한 가지, 도둑질한 그 사람은 우리 집 열쇠에 대해서 잘 알고 있는 사람인 듯했어요. 문을 쉽게 열고 들어왔기 때문이죠. 그렇다면 이 얘기 또한, 무시할 수 없었어요. 우리 집이 도둑맞은 그날, 옆집에 사는 사람이 할머니에게 친척이 가져갔을지도 모른다고 했대요. 그 말을 듣고 할머니는 몹시 화가 나 있었어요. 평소에도 옆집과 관계가 안 좋았기 때문에 옆집 사람이 일부러 할머니와 친척들 사이를 이간질하여 싸우게 하려고 한다고 생각했기 때문이죠. 하지만, 할머니는 옆집 사람의 말을 아예 무시하진 않았어요. 지금까지 이야기들을 종합해 봤을 때 도둑은 분명 우리 집에 대해 잘 알고 집에 사람이 없는 시간을 이용해 가져간 것이 확실했으니까요. 물론 도둑이 우리가 아는 사람이거나 혹은 친척이라는 보장은 없었지만, 도둑질한 시간과 도둑이 가져간 물건들을 보고 추측할 뿐이었죠.

만약 옆집 사람 말대로 친척이 훔쳐 갔다고 하면 문제는 더 복잡해져요. 가족이 도둑질한다는 것이 얼마나 창피한 일인지 생각만 해도 아찔하니까요. 할머니는 아무래도 옆집 사람의 말이 걸렸는지 같은 동네 사는 외삼촌네 가족들을 불러서 직접 물었어요. 외삼촌네 가족은 예상대로 절대 가져가지 않았다고 했고, 오히려 저를 의심해봐야 한다며 할머니에게 말했어요. 당시 저와 외삼촌네 가족들과의 사이가 별로 좋지 않았던 시기였거든요. 사실 사이가 안 좋다는 말보단 일방적으로 외삼촌네 가족들에게 제가 미운털이 박힌 시기였죠. 이유는 행방불명됐던 우리 엄마가 중국에서 보내준 돈을 형제들에게 공평하게 나눠줬음에도 불구하고 본인들에게 더 많이 안 줬다고, 그 불만을 저에게 풀던 시기였거든요. 어쨌든, 충격적인 사실은 외삼촌네 얕은 속삭임에 넘어가 할머니가 저를 의심하기 시작했다는 것이에요. 그리고 할머니는 저에게 씻을 수 없는 상처를 남겼어요.

"혹시 네가 TV를 가져다가 팔아버린 것은 아니야?"

할머니가 잠시 판단력이 흐려졌던 걸까요. 아니면 정말로 제가 훔쳐 갔다고 생각한 걸까요? 내막은 알 수 없지만, 한 가지 확실한 것은 할머니가 저를 의심하고 있었다는 것이었어요. 나중에는 가장 사랑하는 손녀인 저에게 이런 말까지 했으니까요.

"저년을 교도소에 보내야 해!! 이 집안을 저년이 다 망쳐버렸어."

치를 떨며 말하던 할머니의 모습을 지금도 잊을 수가 없어요. 당시 어린 제가 감당하기는 매우 힘든 말이었어요. 어려서부터 부모님 없이 자라면서 할머니가 부모님의 역할을 다 해주셨었는데 그런 할머니에게 의심받는 것도 모자라 가슴에 못이 박힐 정도의 독한 말을 듣다니. 사랑하는 사람으로부터 버림받는 느낌, 배신당하는 기분을 이루 말할 수가 없었어요. 저를 의심하는 할머니의 모습에 덩달아 기가 산 외삼촌네 가족들도 저에게 폭언과 폭력을 행사했어요. 외숙모라는 사람은 "요물 같은 년."이라며 발로

걷어차고, 사촌 동생이라는 놈은 저에게 돌을 던지며 욕했어요. 도대체 제가 뭘 잘못했길래 그런 취급을 당해야 했는지 지금도 이해할 수 없어요. 개도 먹지 않는 더럽고 치사한 그 돈 때문이었겠죠. 외할머니 집의 유일한 아들이라는 이유로 모든 것을 딸들보다는 더 가져야 한다고 주장하는 외삼촌네 가족을 보면서 정말 염치없고 파렴치한 인간들이라고 생각했어요. 하지만, 외삼촌 가족들이 저에게 한 폭력과 폭언보다 더 힘들었던 건 저를 향한 할머니의 의심이었어요. 누구보다 사랑해주고 아껴주던 사람에게 의심받고 외면당하면서 세상에 홀로 버려진 느낌, 말로 표현할 수 없는 배신감을 느꼈거든요. 한 번 깨진 신뢰는 가족임에도 불구하고 되돌리기가 쉽지 않았어요. 그 일이 있었던 후로 할머니와 저는 서로 조금씩 멀어지게 되었어요. 그 작은 TV 한 대가 뭐라고 말이죠.

외할머니의 치매

저에게 큰 상처를 주긴 했지만, 어렸을 적부터 사랑과 보살핌으로 저를 키워주시던 외할머니가 어느 날 갑자기 풍(風)에 걸리고 이어서 치매까지 걸리게 되었어요. 잠깐이었지만, 할머니가 저에게 못되게 굴어서 벌을 받는다고 생각하기도 했어요. 그날도 평소와 같이 땔감을 구하기 위해 동네 산에 다녀왔는데 할머니가 갑자기 말을 못 했어요. 손짓으로 저에게 말하는 할머니를 보고 저는 할머니가 장난치는 줄 알고 재미없으니까 그만하라고 했어요. 하지만 할머니는 답답하다는 듯이 가슴을 치며 뭐라고 말했어요. 제가 도저히 믿지 못하자 답답했는지 공책을 꺼내서 글을 써서 보여주었어요.

'말이 안 나와. 왜 그런지 모르겠어. 오전부터 갑자기 이렇게 됐어!'

할머니는 글을 보여주고는 한숨을 쉬었어요. 갑자기 말을 못 하니 얼마나 답답했을까요. 하지만 할머니의 글을 본 저 역시 당황스럽긴 마찬가지였어요. 항상 건강할 것 같던 할머니가 말을 못 하다니 말도 안 된다고 생각했어요. 엄마의 행방불명, 아빠의 선박사고, 동생과의 이별. 이 모든 일들이 지난 지 몇 년이나 됐다고 또다시 저에게 이런 시련을 주는지, 당시 중학생이던 저에게는 너무 가혹한 일이었어요. 여기서는 중학생 때 사춘기를 겪는다고들 하지만, 당시 중학생이었던 저는 사춘기가 아닌 인생의 두 번째 고비를 겪었어요. 사실 그때까지만 해도 할머니가 풍(風)에 걸렸다는 사실을 몰랐어요. 동네 어르신들을 찾아다니면서 할머니의 증상에 대해 물어보고 난 후에야 알게 되었죠. 말도 못 하고 온몸이 퉁퉁 부어 걷지도 못하는 할머니를 응급조치하지 않으면 큰일 날 것 같아서 저는 급한 대로 같은 동네에 사는 의사를 찾아가기로 했어요. 이미 늦은 저녁 시간이라 당장 할머니를 업고 병원에 갈 수도 없었거든요. 동네에 유명한 병원에 재직 중이라는 의사 선생님을 집으로 모셔 올 생각이었어요.

솔직히 당시 무슨 용기로 의사 선생님을 무작정 찾아가서 할머니를 살려달라고 했는지 모르겠어요. 다행히 그 의사 선생님은 할머니 집에서 걸어서 약 10분 정도 거리에 살고 있어서 금방 갈 수 있었어요. 밤 9시쯤 의사 선생님의 집에 도착해서 대문을 있는 힘껏 쾅쾅 두드렸어요. 이내 인기척이 들렸고 저는 인사도 제대로 못 하고 급한 마음에 다짜고짜 할머니가 많이 아프니 제발 좀 도와달라고 부탁했어요. 그랬더니 누군가 대문 쪽으로 다가오는 소리가 들렸어요. 대문을 열고 나온 사람은 바로 그 유명한 의사였어요. 대문을 열자마자 저는 의사 선생님께 할머니의 증상을 설명했어요. 어린아이가 밤늦게 찾아와 너무 다급하게 부탁하니 거절하기가 어려웠는지 잠깐만 기다려 달라며 다시 방 안으로 들어가서 옷을 입고 나왔어요. 의사 선생님과 함께 집에 도착하니 할아버지가 퇴근해서 집에 와있었어요. 할머니의 상태는 낮보다 더 심각해져서 몸이 더 퉁퉁 부어 있었어요. 의사 선생님은 할머니를 살펴보더니 바로 침을 머리끝부터 발끝까지 놓아주었어요. 그리고는 알 수 없는 약물을 바로 혈관에 투여했어요. 그리곤 만약 오늘 치료하지 않았으면 할머니가 24시간을 못 넘기고 돌아가셨을 수도 있다고 말했어요. 그러면서 할머니에게 손녀 잘 두셨다는 이야기도 덧붙이셨죠.

할머니는 풍(風)과 언어장애가 같이 온 상태라고 했어요. 진료가 다 끝나고 밤늦게 집으로 돌아가셔야 하는 의사 선생님이 걱정돼 제가 집까지 모셔다드린다고 했어요. 당시 할머니 집 동네는 도시에서는 좀 떨어져 있는 작은 마을이라 밤에는 가로등도 거의 없어서 여자 혼자 다니기에는 좀 무서운 곳이었거든요. 실은 저도 무서웠지만, 밤늦게 집까지 찾아와 치료해주신 선생님이 너무 감사해서 무서움도 마다하고 선생님을 집 앞까지 모셔다드렸어요. 저는 지금 당장 제가 가진 것이 없어서 치료비를 드릴 수는 없지만, 조만간 큰이모 집에 다녀와서 감사 인사하러 오겠다고 약속했어요. 선생님은 괜찮다며 치료비는 안 받아도 된다며 오히려 저를 위로해주셨어요. 저는 선생님께 다시 한번 감사 인사를 하고 집으로 뛰어왔어요.

집에 오자마자 할머니 상태부터 확인해보니 다행히 괜찮아 보였어요. 할머니 때문에 정신없이 왔다 갔다 했더니 저녁 시간을 놓쳐서 배가 고팠어요. 할머니의 상태를 확인하고 난 후에야 저녁을 먹어야겠다는 생각이 들었어요. 할아버지도 일 끝나고 오셔서 시장하셨을 테니 얼른 저녁 준비를 하려는데 할머니가 갑자기 발작을 일으키기 시작했어요. 급기야 할머니는 발작을 일으키며 미닫이문을 막 당기면서 난리를 쳤어요. 저는 얼른 밖으로 나가서 작은 흙덩어리를 만들어 할머니 콧구멍에 넣어주었어요. 만약 부작용이 일어나면 흙덩어리를 만들어서 콧구멍에 넣어주면 된다고 의사 선생님이 말해줬거든요. 흙덩어리를 넣고 얼마 후 할머니는 다시 잠잠해졌어요. 무슨 이유로 부작용이 멈추는 건지 모르겠지만, 신기하게도 할머니의 발작은 멈췄어요. 할머니가 조용해지고 나서야 저와 할아버지는 저녁을 먹을 수 있었어요.

 다음 날부터 할머니는 거짓말처럼 말도 하고 조금씩 걸을 수도 있게 되었어요. 예전처럼 완벽하게 걷지는 못했지만, 옆에서 부추겨주면 천천히 걸을 수 있었어요. 무엇보다 놀라운 것은 할머니가 말을 할 수 있게 된 것이었어요. 정말 기적이 아닐 수가 없었죠. 할머니가 하루가 다르게 몸이 호전되는 것을 보면서 그 의사 선생님에게 어떤 식으로든 감사 인사를 해야겠다고 마음먹었어요. 하지만 당시 저는 가진 게 없어서 친척들에게 도움을 청해야만 했어요. 한국처럼 전화 한 통으로 택배 보내 달라고 해서 받을 수 있으면 참 좋겠지만, 핸드폰도 없고 전화도 우체국에 가서 해야 하는 당시 북한에는 한국처럼 빠른 택배 문화가 있을 리 없었죠. 결국, 저는 할머니의 병세가 괜찮아지는 것을 보고 할아버지께 할머니를 잘 봐달라고 부탁하고는 큰이모가 사는 화대(함경북도)군으로 갔어요. 차로 가면 2~3시간 정도 걸렸는데, 가는 길이 비포장도로라 흙먼지도 많이 날리고 길도 험했어요. 화대에 도착해서도 큰이모 집까지 가려면 용포리라는 시골 마을로 좀 더 들어가야 했는데 돈이 없었던 저는 걸어서 가는 방법밖에 없었어요. 그렇게 1시간 반 정도 걸으니 큰이모 집에 도착했어요. 다행히 이모 집에 도착했을 때 이모네 가족이 다 있었어요. 갑자기 찾아온 저를 보고 이모는 어쩐 일이냐며 반가움과 놀라움이 섞인 표정으로 물었어요. 저는 할머니의 상태를 설명해드리고 도움받으러 왔다고 말했어요. 이모는 별로 놀라는 기색 없이 연세가 있으셔서 그럴 수도 있다고 했어요. 할머니 연세는 60대 후반이었는데 사실 지금의 한국이었으면 한창의 나이지만, 당시 북한에서는 70대까지만 살아도 꽤 오래 산다고 했거든요.

어쨌든 이모는 고생했다며 이모가 해줄 수 있는 건 쌀밖에 없다며 쌀을 주겠다고 했어요. 저는 뭐든지 도와주는 것에 감사했어요. 화대가 쌀로 유명한 곳인데 특히 찹

쌀이 유명했죠. 청진시에서도 화대 찹쌀이라고 하면 일반 찹쌀보다 더 비싸게 팔릴 정도였으니까요. 이모는 찹쌀과 멥쌀을 주면서 가져가서 다 팔지 말고 할머니, 할아버지와 쌀밥을 해 먹으라고 했어요. 저는 이모가 준 쌀을 가지고 바로 청진으로 왔어요.

청진에 도착하자마자 찹쌀을 좀 챙겨서 의사 선생님의 집으로 찾아갔어요. 선생님은 무슨 쌀을 챙겨왔느냐며 안 받겠다고 하셨지만, 할머니를 살려줘서 감사의 마음으로 드리는 것이니 제발 받아 달라고 떠밀 듯이 드렸어요. 그렇게라도 감사의 마음을 전하고 나니 마음이 한결 편해지더라고요. 지금 생각해도 참 고마운 분이에요.

그런데 얼마 지나지 않아 또 문제가 생겼어요. 할머니의 병이 호전되는 것 같이 보이더니 이번엔 치매가 오기 시작했거든요. 풍(風)도 다 완치되지 않았는데 말이죠. 정말 엎친 데 덮친 격이었어요. 할머니의 치매는 날이 갈수록 더 심해졌고, 가까이서 병시중을 들어주는 저와 할아버지에게 많은 상처를 주었어요. 특히 할아버지가 회사에 출근하고 나면 제가 온종일 할머니 곁에서 돌봐드렸는데 그때마다 할머니는 저에게 칭찬 대신 화를 내기 일쑤였어요. 그때마다 저는 예전에 TV를 도둑맞았을 당시 저에게 모진 말을 했던 할머니의 모습이 떠올라서 참 많이 힘들었어요. 그리고 그때의 악몽은 다시 되풀이됐죠.

"저년이 나를 죽이려고 했어. 교도소에 보내야 해!!"

할머니가 치매에 걸리고 모진 말들을 많이 했지만, 특히 저 말은 저를 참 많이 아프게 했어요. 중간에 포기하고 도망가고 싶었던 적도 한두 번이 아니었어요. 외동아들이라며 딸들보다 모든 것을 더 가져야 한다며 주장하던 염치없는 외삼촌네 가족들은 같은 동네에 살면서도 단 한 번도 찾아온 적이 없었어요. 할머니의 자식도 아닌 손녀인 제가 왜 이런 고생을 해야 하는지 때로는 이 모든 상황이 절망적으로 느껴지기도 했어요. 하지만, 어렸을 적에 누구보다 저를 아껴주고 사랑으로 키워주신 할머니였기에 외면할 수가 없었어요. 당시에 저도 어리고 사람인지라 할머니가 상처 되는 말을 할 때마다 포기하고 싶었지만 그럴 수 없었어요. 할머니의 치매가 조금씩 나아질 때쯤 저는 너무 지쳐 더는 할머니와 함께 살기 어려워 할머니 집을 떠나기로 마음먹었어요. 아직은 완치되지 않은 할머니를 두고 떠나는 것이 마음에 걸렸지만, 저를 위해 떠나기로 했죠. 떠나는 순간까지도 할머니가 걱정되어 동네 친한 친구에게 우리 할머니 좀 봐달라고 부탁했어요. 그리고서야 이모 집으로 갔어요.

다행히 친구가 종종 가서 할머니 물도 길어드리고 장도 가끔 봐 드리면서 할머니의 소식을 저에게 전해 줘서 안심이 됐어요. 친구에게서 할머니가 저를 많이 보고 싶어 한다는 이야기를 전해 들었지만, 그동안 받았던 상처가 컸던 저는 다시는 할머니 집에 가지 않겠다고 말했죠. 친구에게 다시는 돌아가지 않을 것이라고 말했지만 실은 언젠가는 찾아가려고 했어요. 그러나 야속하게도 그때의 이별이 할머니, 할아버지와의 마지막 이별이 되었어요. 두 분이 돌아가셨다는 소식은 한국에 와서 듣게 되었어요. 그 소식을 들었을 때 당시에 제가 최선을 다해서 할머니의 병간

호를 했기에 후회는 없었지만 조금만 더 같이 지냈더라면, 하는 아쉬움은 남았어요.

'긴병에는 효자 없다.'라는 말처럼 모든 병이 오랫동안 지속되면 환자뿐만 아니라 옆에 있는 사람들도 함께 고통을 받아요. 그럼에도 살아계시는 동안은 최선을 다해야 해요. 만약 최선을 다하지 않는다면 나중에 후회와 죄책감에 더욱 괴로운 시간을 보내게 될 테니까요. 늘 제 편이 되어 주고 예뻐해 주셨던 우리 할아버지, 그리고 누구보다 사랑하고 상처도 많이 준 우리 할머니. 하늘나라에서는 고통 없이 편안함에 이르시길 기도해요. 사랑하고 고맙습니다.

믿음이 부서지는 순간

　할머니의 치매로 오랜만에 할머니 집에 모인 이모들은 우리 엄마가 중국에서 보내준 돈을 놓고 서로 본인들에게 좀 더 달라며 저마다의 이유를 들어가며 할아버지를 설득했어요. 특히, 막내 이모가 당시 장사를 크게 했는데, 본인에게 돈을 더 주면 장사하는 데 보태서 돈을 더 벌어다 주겠다고 했죠. 하지만, 할아버지는 단호하게 안 된다고 했어요. 할아버지는 우리 엄마 이름을 부르며 미연이가 돈을 보내준 게 너희들 주라고 보내줬겠냐며 자기 자식들 잘 챙겨주라고 보내준 것인데 왜들 그렇게 욕심내냐며 한 소리

했어요. 평소 화를 잘 안 내시는 할아버지가 화를 내는 모습에 이모들도 더 이상 아무 말도 못 했어요. 다음 날 이모들이 각자 본인의 집으로 돌아간 후 저는 조심스럽게 할아버지에게 물었어요.

"할아버지 그럼 엄마가 보내준 돈 중에 내 몫도 있겠네?"
"돈 달라고?"

할아버지는 당황스럽다는 표정으로 저를 빤히 쳐다보면서 말했어요.

"응. 나 할머니 병 고치느라 내가 조금 모아 두었던 돈 다 썼어. 다시 장사하려고 해도 돈이 있어야 하잖아. 그리고 나 여기서 더는 못 살겠어. 할머니 말에 상처를 너무 많이 받아서 더는 견딜 수가 없어. 내가 할 수 있는 건 다 했다고 생각해. 할머니 치매도 많이 괜찮아졌으니까 이젠 여기 떠날래."

할아버지는 대답 대신 한동안 아무 말 없이 눈을 감고 있었어요. 그리고 그사이 저와 할아버지의 이야기를 듣고 있던 할머니가 갑자기 화를 내기 시작했어요.

"지어미가 보내준 돈이라고 자기를 키워준 할머니, 할아버지도 모른 척하고 돈 가지고 가겠다고? 다 쓸데없어. 지금까지 잘 키워 놨더니 지가 잘 나서 자란 줄 알아. 그 돈 못 줘. 너 엄마가 보냈다고 다 너의 것인 줄 아니? 너 엄마가 할머니, 할아버지가 고생하지 말고 살라고 보내준 거야. 갈 거면 그냥 나가!"

죽으라는 말보다 나가라는 말이 더 서럽다고 갑자기 나가라는 할머니의 말에 순간 눈물이 핑 돌았어요. 지금까지 자식들도 못 해주는 병시중 다 들어주고 무엇보다 당신을 위해서 고생한 손녀에게 어떻게 저런 모진 말을 할 수 있는지 도저히 이해할 수 없었어요. 당시 중학생이었던 제가 도대체 뭘 그렇게 잘못한 게 있다고 이렇게 가혹한 인생을 살게 하는지 하늘이 원망스럽기도 했어요. 할머니의 말이 끝나자 곧바로 할아버지가 제 앞으로 돈을 던져 주며 말했어요.

"시끄러우니까 이 돈 가지고 얼른 가."

차분하면서도 단호한 할아버지의 말에 간신히 참고 있던 눈물이 결국, 터지고 말았어요. 가겠다고 말했다고 바로 가라고 말하는 할아버지와 할머니의 말에 두 분에 대한 신뢰와 믿음이 완전히 깨지고 말았어요. 돈이 뭐라고 이렇게 사람의 마음과 관계를 망쳐놓는지 실망스럽기 그지없었어요. 어릴 적부터 저를 참 많이 아끼고 사랑해주셨던 분들이 한순간에 변하는 모습에 마음이 산산이 부서지더라고요. 지독한 가난 때문인지 돈 때문인지 정확한 이유는 알 수 없었지만, 늘 차분하고 화를 잘 안 내시던 할아버지가 차갑게 변한 것은 당신도 마음의 부서짐이 있었기 때문이었겠죠. 하지만, 당시 저는 할아버지의 마음을 헤아릴 만큼 성숙한 나이도 아니었고, 무엇보다 세상에서 가장 많이 의지하고 믿었던 사랑하는 사람들에게 외면당했다고 생각하니 그 순간 모든 것이 싫어졌어요. 정말 믿음이라는 것이 한순간에 깨져버리는 순간이었어요. 그동안 할머니 병시중을 들면서 힘들어도 버텼던 이유가 할아버지 때문이었는데, 그런 할아버지에 대한 사랑과 신뢰마저 유리 조각 부서지듯 산산이 부서지고 말았으니까요. 세상에서 유일한 제 편이었던 그리고 누구보다 믿고 의지했던 사람이 바로 할아버지였으니 말이죠.

저는 그날 저녁 할머니 집에서 나왔어요. 그때 받았던 돈이 10만 원 정도였던 것으로 기억해요. 당시 10만 원이면 적은 돈은 아니었지만, 그동안 엄마가 여러 차례 보내준 것에 비하면 제가 받은 10만 원은 적은 돈이었죠. 할머니 집을 나오는 순간까지도 저는 아직 치매가 완치되지 않은 할머니가 걱정돼 할아버지 몰래 5만 원을 주고 나왔어요. 저에게 참 많은 상처와 실망감을 줬지만, 그동안 사랑으로 저를 키워주셨던 할머니였기에 마지막으로 그렇게 작별 인사를 하고 나왔어요. 하지만, 할머니는 제가 집을 나오는 순간까지도 저를 꾸짖었어요. 정말이지 지긋지긋했어요. 돌이켜보면 당시 할아버지와 할머니, 저 모두 저마다의 아픔으로 삶에 지친 상태였던 것 같아요. 누구라 할 것 없이 모두가 힘들고 아픈 상태였으니까요. 각자 본인의 상처가 너무 커 타인의 상처를 보듬어줄 여유가 없었던 것이죠. 결국, 각자의 아픈 상처는 소중한 이들에게 불신의 화살이 되어 서로를 향했고 그렇게 사랑했던 사람들의 관계는 산산이 부서지고 말았어요.

동생을 만나러 가는 길

북한에서 기차를 타려면 증명서(내가 사는 곳에서 다른 곳으로 갈 때 그곳으로 가는 이유와 목적을 밝히는 것)가 필요한데 저는 증명서가 없었어요. 증명서를 만들 수 있는 나이도 안됐고 게다가 만들 돈도 없었죠. 그래서 전 불법으로 사람들 사이를 밀고 기차역으로 들어갔어요. 다른 지역에 있는 기차역도 마찬가지지만 특히 청진 기차역은 항상 사람들로 북적이는 곳이었어요. 소매치기가 많고 거지들도 많아서 조금만 긴장 늦추고 한눈팔면 소매치기를 당하는 곳이죠. 저는 그런 상황을 많이 겪어봐서 잘 알고 있었어요. 그래서 정신을 똑바로 차리고 사람들이 많은 틈을 타서 기차에 올라탔어요. 키가 작고 어려서 어른들의 뒤에 바짝 붙어서 가면 별문제 없이 기차에 올라탈 수 있었어요. 문제는 그때부터 시작이었어요. 기차를 타면 가는 도중에 증명서를 검열하는데 저는 불법으로 탔기에 증명서도, 좌석도 없었죠. 그래서 기차 현관에서 여기저기 옮겨 다니면서 증명서 검열을 피해야 했어요. 자리를 옮겨 다니는 것이 여간 힘든 일이 아니었어요. 저는 앞에 칸에서 증명서 검열을 한다는 말을 듣고 자리를 분주히 옮기기 시작했어요. 다행히 저처럼 불법으로 탄 사람들도 좀 있어서 위로가 됐어요. 앞에서부터 검열하고 있으니 저는 검열이 끝난 앞쪽으로 가야 했죠. 저는 태연하게 검열관 옆을 지나 앞칸으로 이동했어요. 혹시라도 검열관과 눈이라도 마주칠까 봐 바닥만 보며 걷고 있는데, 뭔가 이상함을 느꼈는지 검열관이 갑자기 저를 불러 세웠어요.

"저기, 꼬마야 어디가?"

저는 순간 당황했지만 바로 태연하게 말했어요.

"네? 저 화장실 가요. 왜요?"

그러자 검열관이 증명서 보자고 했어요. 저는 다시 정신을 바짝 차리고 말했어요.

"증명서 엄마가 갖고 있어요."
"엄마 어디 있는데?"
"엄마는 맨 마지막 칸에 있어요."
"근데 왜 화장실을 여기까지 와서 봐?"
"저 죄송한데요……. 저 지금 화장실이 급해서 보고 나와서 알려드릴게……"

그렇게 마지막 말도 채 못하고 전 앞칸으로 뛰어갔어요. 일단 한고비는 넘겼으니 한숨 놓였어요. 이모네 집까지는 거의 일주일 정도 걸렸는데 기차에 전기가 들어오고 안 오고에 따라 섰다 가기를 반복해, 거의 2~3주 정도 걸려서 도착할 때도 있었죠. 저는 기차가 정차하면 항상 걱정부터 앞섰어요. 다른 사람들은 일행과 함께 맛있는 것도 사 먹고 같이 온 사람들과 대화도 하면서 즐겁게 보내는데 저는 돈도 없고 아는 사람도 없었으니까요. 혼자 우두커니 기차 한쪽 구석에 앉아 전기가 들어오기만을 손꼽아 기다렸어요. 기차 타고 이모네 집으로 가는 동안은 거의 거지 차림으로 갔어요. 사실 예전에 이모가 저에게 만약 이모 집으로 오고 싶으면 미리 연락하라고 했는데 이모에게 부담 주기 싫어서 연락 없이 떠났거든요. 만약 이모에게 미리 연락하고 출발했으면 기차표나 증명서를 다 해줘서 지금처럼 고생하진 않았을 텐데 말이죠. 그래도 이미 제가 선택한 일이고, 고생은 하지만 나름 경험하는 것이라고 긍정적으로 생각했어요.

며칠을 거지처럼 생활한 끝에 드디어 사리원(황해북도)시에 도착했어요. 사리원시에서도 개성까지 가려면 버스를 타야 했어요. 개성시에서도 이모 집까지 가려면 또 버스를 타야 했지만, 문제는 개성시까지 어떻게 들어가느냐였죠. 개성시가 특별시로 바뀌면서 아무나 들어갈 수 없게 되었거든요. 이번에는 정말 꼼수를 부릴 수도 없었죠. 그렇다고 돈이 있는 것도 아니어서 버스정류장에서 한참을 서서 고민하고 있는데 어디선가 "야! 빨리 타." 하는 소리가 들렸어요. 저는 소리가 들리는 쪽으로 돌아보았어요. 그곳에는 몇 명의 아이들이 있었는데 확실히 기억나지는 않지만, 당시 저의 기억으로는 여자애 한 명과 남자애 두 명이 있었어요. 아이들 옷차림은 진짜 거지 차림이었어요. 저도 당시엔 그 아이들과 별반 다르지 않았지만요. 그 아이들은 마치 교도소에서 막 탈출한 10대 후반의 아이들 같았어요. 아이들은 아무 말 없이 땅만 보면서 누군가를 원망하듯 한숨만 내쉬고 있었어요. 그 아이들을 지켜보고 있는데 선글라스를 끼고 까만 정장을 입은 어떤 남자가 아이들 곁으로 걸어오면서 화난 말투로 말했어요.

"너희 정말 영미 어디 갔는지 몰라?"

아이들은 아무것도 모른다는 듯이 머리만 절레절레 흔

들고 있었죠. 저는 그 상황을 지켜보고 있다가 갑자기 좋은 생각이 떠올라 그쪽으로 뛰어갔어요.

"아저씨 안녕하세요. 죄송한데 이 차 어디로 가나요?"

불쑥 나타난 제 모습에 놀랐는지, 아니면 다짜고짜 어디로 가는지 묻는 것에 당황했는지, 아저씨는 잠시 망설이더니 말했어요.

"개성까지 가. 근데 넌 어디 가?"
"저도 개성가요."

아저씨의 질문에 너무 기쁜 저는 들뜬 마음으로 말했어요. 그리곤 부탁했어요. 저 지금 보호자도 없고 증명서도 없이 개성까지 가야 하는데, 갈 수가 없다고요. 아저씨는 제가 딱해 보였는지 도와주겠다는 말 대신 그 아이들 일행에 대하여 설명해주었어요. 아저씨는 지금 교도소에서 탈출한 아이들을 잡으러 나왔다며 아이들이 총 4명이었는데 그중에 3명은 찾았고 한 명은 못 찾았다고 했어요. 그래서 못 찾은 여자아이 대신 저를 데려가 주겠다고 했어요.

"일단 검열소에서 검열할 때 내가 너를 영미라고 말할테니 너는 만약에 검열관이 너 나이를 물으면 바로 대답해야 해 알았지?"

저는 혼자 그 여자아이의 이름과 나이 등 그 외 필요한 정보들을 계속 외우고 있었어요. 우리는 사리원시를 떠나서 개성으로 출발했어요. 출발한 지 2시간 정도 지나서 개성에 거의 도착할 때쯤 되자 증명서 검열을 하고 있었어요. 저는 숨죽이고 아무 말도 안 하고 있었죠. 교도소 책임자 아저씨와 검열관의 이야기가 끝나고 검열관이 확인하러 차에 올라와서 우리를 한번 훑어보고 내려갔어요. 다행히 저에게 질문하지 않았고, 검열관이 내린 후에야 긴장됐던 마음을 진정시킬 수 있었어요.

검열소를 지나 얼마 지나지 않아 개성 시내에 도착했어요. 처음으로 와본 개성시의 모습은 신기하면서도 낯설었어요. 아저씨는 먼저 아이들을 교도소에 데려다주고 딴 곳으로 이동했어요. 도착해서 보니 아저씨네 집이었어요. 저를 본인의 집으로 데려간 것이었죠. 저는 조심스럽게 주위를 둘러보며 들어갔어요. 아저씨는 조금만 기다리고 있으라고 하고는 어딘가로 나갔어요. 아마도 교도소 관련 일 때문인 것 같았어요. 집 꾸며놓은 것을 봐서는 돈이 없는 집은 아닌 것 같았어요. 제가 한창 집 구경하고 있을 때 아저씨가 집으로 돌아왔어요.

"근데 여기서 이모 집까지 어떻게 가는지 알아?"

"아니요. 잘 몰라요."

"그럼 어떻게 갈 거야?"

"이모에게 전화해서 개성까지 왔으니 데리러 오라고 하려고요."

"내가 바쁘니까 더는 못 도와주고 우체국 알려 줄 테니까 거기 가서 전화하면 될 거야."

아저씨는 친절히 우체국 가는 길을 자세히 알려 주었어

요. 아저씨에게 감사의 표시로 제가 가지고 있던 오천 원을 드렸어요. 다행히 좋은 아저씨를 만나서 무사히 개성시까지 들어 올 수 있었어요. 저는 아저씨가 알려준 우체국에 찾아가서 이모 집에 전화했어요. 다행히 이모가 전화를 받았어요.

"이모, 나 지금 개성이야!!"

저는 너무 흥분해서 이모에게 인사도 안 하고 바로 개성에 와있다고 말했어요. 제 말을 듣고 이모는 놀라서 어떻게 여기까지 혼자 왔냐며 기특해했어요. 이모는 자세한 이야기는 집에 와서 하자면서 개성에 이모가 아는 사람을 보낼 테니 그 집에서 하룻밤 자고 내일 데리러 오겠다고 했어요. 제가 이모에게 전화했을 때는 이미 저녁 시간이었거든요. 그렇게 우체국에서 나와서 이모가 보낸 사람을 한참 서서 기다리고 있는데 검은색 바지에 빨간 패딩을 입은 젊은 남자가 자전거를 타고 왔어요.

"혹시 이소원 씨 맞아요?"

그 사람은 자전거에서 내리며 물었어요.

"네. 맞아요."

저는 그 사람을 한번 훑어보고 대답했어요. 그 사람은 제 가방을 자전거 뒤에 싣고 같이 걸어가자고 했어요. 가방 안에는 제가 입을 옷과 동생들과 이모에게 선물로 주려고 산 옷들이 있었어요. 그 사람과 이런저런 이야기를 하면서 걸어오다 보니 어느새 그 사람의 집에 도착했어요. 집 안으로 들어가니 가족들이 저를 반겨주었어요. 가족 중에는 할머니와 할아버지도 계셨고 아이들도 있었어요. 다들 저를 위해 밥을 해놓고 기다리고 계셨어요. 저는 들어가자마자 대충 씻고 밥상에 앉았어요. 밥상에는 생선, 채소, 김치 등 여러 가지 반찬들이 준비되어 있었어요. 그동안 밥이라고는 제대로 먹지 못하고 다녔더니 허기졌었나 봐요. 차려 준 음식들이 다 맛있었어요. 정신없이 밥 먹는 제 모슴에 주인집 할머니는 밥이 많으니까 배고프면 더 먹으라고 했지만 저는 괜찮다고 했어요. 밥을 다 먹고 그 집 식구들과 이런저런 이야기를 하다가 시간이 너무 늦어 방으로 들어갔어요. 며칠 동안 기차 타고 버스 타고 오면서 피로가 누적됐는지 눕자마자 기절했어요. 다행히 그 집에서는 마음 놓고 잤어요.

다음 날 아침 일찍 일어나 이모네 집 갈 생각에 기분이 절로 좋았어요. 설레는 마음으로 이모가 데리러 오길 기다렸어요. 얼마 후 이모가 도착해 저는 얼른 짐을 챙겨 나왔어요. 이모가 자전거를 한 대 더 가져온 덕분에 이모와 저는 각자 자전거를 타고 갈 수 있었어요. 쾌청한 가을 날씨가 자전거 타기에 딱 좋은 날이었죠. 자전거를 타고 달린 지 얼마나 됐을까 장풍읍의 작은 마을들이 하나둘 보이기 시작했어요. 큰 도시와 다르게 아담하고 아주 작은 마을들이 인상적이었어요. 하루 정도면 다 돌아볼 수 있을 정도의 아주 작은 규모의 읍이었어요. 읍내 중심지로 들어서니 이모네 집이 금방 보였어요. 이모네 집은 아파트

1층이었어요. 도착해서 이모가 동생 소연이의 이름을 부르자 집안에서 "네." 하면서 동생이 문을 열어 주었어요.

"인사해. 언니 왔어."

동생들은 "안녕하세요!" 하고 어색하게 인사했어요. 너무 오랜만에 봐서인지 동생과 저는 서로 어색해했어요. 사촌 동생은 너무 어렸을 적에 저를 봐서인지 잘 기억이 안 나는 모양이었어요. 마치 저를 처음 보는 사람처럼 대했으니까요. 이모 집은 장풍읍에서는 부유한 집에 속하는 편이었어요. 장풍읍에서 나는 특산물을 모두 이모가 사들여서 중국으로 유통했으니까요. 이모가 사들인 특산물은 고사리, 잣, 삽주 등 주로 산에서 나는 약재들이었어요. 그래서 장풍읍에서는 이모의 이름을 모르는 사람이 없을 정도로 유명했죠. 그곳에서 자리 잡기까지 많은 시간과 노력이 필요했다고 이모가 제게 말해주었어요. 그 지역 사람이 아니어서 처음에는 시기와 질투가 심했다고요. 그 모든 것을 이겨 내고 나니 어느 순간부터 그곳에서 인정받고 있다고 했죠. 그래서인지 이모 집은 늘 사람들로 북적였어요. 저는 처음 보는 광경이라 마냥 신기했어요. 여태껏 집에 사람들이 그렇게 많이 온 것을 본 적이 없었거든요. 늘 혼자 여기저기 떠돌아다니며 외로운 시간을 보냈던 저에게 오랜만에 느껴보는 시끌벅적하고 화목한 분위기였어요. 무엇보다 오랫동안 떨어져 지내던 동생과 함께 지낼 수 있어 더 행복한 시간이었어요. 하지만, 그 행복한 시간도 잠시였어요. 어느 날 갑자기 이모 집으로 전화 한 통이 걸려 왔고 그 전화로 인해 저는 또다시 동생과의 이별을 선택해야만 했거든요.

만남과 이별

　며칠 전 이모 집으로 걸려 온 전화는 다름 아닌 몇 년 전 행방불명됐던 엄마가 저를 찾는다는 전화였어요. 이모가 전화를 끊고 저를 따로 불렀어요. 그리고 조용히 이야기했어요.

　"소원아, 너 엄마한테 갈래?"

　"네?"

　"엄마가 너를 찾는다고 너를 회령(함경북도)으로 데리고 오래. 이모랑 같이 갈래?"

갑작스러운 엄마의 소식에 저는 한동안 말을 잇지 못했어요. 그동안 애타게 기다리고 목소리라도 들으면 좋겠다고 생각했던 엄마가 갑자기 저를 찾는다고 하니 믿기지 않았어요. 이모는 혼란스러워하는 제 모습을 보고 지금 당장 결정 안 해도 되니까 천천히 생각해보고 말해달라고 했어요. 저는 방에 들어가서 한참을 고민했어요. 오랜 시간 떨어져 지내던 동생을 만나서 이제 막 어색함을 없애고 친해지고 있었는데 엄마가 저를 찾는다고 하니 어떻게 하면 좋을지 도무지 결정을 내릴 수가 없었거든요. 동생도, 엄마도 저에게는 너무 소중하고 그리웠던 존재였기에 더욱 어려운 결정이었죠. 저는 많은 고민 끝에 이모에게 엄마를 만나러 가겠다고 말했어요. 엄마를 보러 가겠다고 말했지만, 동생에게는 너무 미안했어요. 엄마를 만나러 가기 전날 밤 동생과 한 자리에 누웠는데 동생이 작은 목소리로 저에게 말했어요.

"언니, 언니 이번에 엄마 만나러 갔다가 다시 집에 안 돌아오지?"

"아니야, 당연히 와야지. 꼭 돌아올 거야. 그러니까 너무 속상해하지 마."

저는 동생의 담담한 질문에 너무 미안했지만, 애써 웃어 보이며 동생을 안심시켰어요. 그러자 동생은 저에게 다시 말했어요.

"언니, 나 다 알아. 이번에 그냥 사업 때문에 가는 게 아니잖아. 엄마 만나러 가는 거잖아. 맞지?"
"응, 맞아. 근데 다시 올 거야."

불안해하는 동생을 또다시 안심시켜봤지만, 동생은 제 말을 믿지 않았어요. 동생은 이미 알고 있었던 거죠. 오늘 밤이 저와의 마지막 밤이 될 거라는 것을요.

"거짓말. 갔다가 안 올 거면서."

동생은 이렇게 말하고는 잠이 들어버렸어요. 그렇게 못

내 아쉬워하던 동생의 자는 모습을 보니 잠이 오지 않았어요. 한참을 동생이 자는 모습을 지켜보다가 저도 어느새 잠이 들어버렸고, 아침에 동생이 저를 깨워서야 일어났어요. 동생은 이미 아침밥을 다 차려놓고 학교 갈 준비를 하고 있었어요. 동생은 말 대신 눈빛으로 저에게 아침 인사를 했어요. 저는 동생에게 학교 잘 다녀오라고 말했어요. 동생은 알았다는 말 대신 고개를 끄덕였어요. 동생도 학교 가고 이모부도 출근하고 사촌 동생도 유치원에 다 보낸 뒤 이모와 저는 회령으로 떠날 준비를 했어요.

저는 이모 집을 떠나 회령으로 가면 언제 다시 고향 땅을 밟게 될지 모른다는 생각이 들었어요. 고향의 모습도, 동생의 모습도, 친척들과도 언제 다시 만날지 모르는 기약 없는 이별이었죠. 정든 고향과 가족을 두고 막상 떠나려니 쉽게 발걸음이 떨어지지 않았어요. 하지만, 전 떠나야만 했어요. 집에서 나와 버스 타러 가는 길에 동생 소연이가 학교에서 집으로 오는 모습을 봤어요. 긴 머리를 산뜻하게 뒤로 올려 묶은 모습이 얼마나 예쁘던지 지금도 그 모습을 잊을 수가 없어요. 동생은 어깨에 멘 책가방 끈을 양손으로 잡은 채 사뿐사뿐 걸어오고 있었어요. 저는 동생에게 손을 흔들며 인사했어요. 동생은 아무 말도 없이 미소로 제 인사에 답했어요. 멀어져 가는 소연이의 뒷모습에 저도 모르게 눈물이 났어요. 조금 전 말 없이 미소 지어 보이던 소연이의 모습에 마음이 더 무거워졌거든요. 이모는 멀어져 가는 소연이에게 사촌 동생을 잘 돌보라는 말을 남기고 그렇게 우리는 떠났어요.

몇 년 만에 엄마를 만나러 가는 길. 저에게 엄마의 소식은 세상에서 가장 반가운 소식이자 가장 슬픈 소식이기도 했어요. 엄마의 전화 한 통으로 몇 년 만에 만난 동생과 저는 또다시 이별해야만 했으니까요. 어떤 선택을 하든 저에겐 만남과 이별이었기에 더욱 쉽지 않았죠. 하지만 이모를 통해 엄마도 낯선 이국땅에서 외롭게 지낸다는 이야길 들었어요. 그 말에 저는 엄마에게 가기로 결심했어요. 그렇게 저와 동생은 짧은 만남을 뒤로하고 언제 다시 만날지 모르는 기약 없는 이별을 하게 되었죠. 사랑하는 제 동생, 늙어서라도 좋으니 죽기 전에 꼭 한번 만나고 싶어요.

자전거와 리어카

돌이켜보면 부모님과의 추억이 많지 않은 만큼 동생과의 추억도 많지 않은데요. 애써 기억해보면 제가 탈북하기 전 이모 집에서 동생과 함께 보낸 시간이 저에겐 동생과 함께한 소중한 추억이더라고요. 그 시간마저도 너무 짧아서 아쉽긴 하지만요. 지금도 기억나는 일이 하나 있어요. 제가 자전거에 동생을 태우고 가다가 사고를 낸 적이 있어요. 제가 북한에 있을 땐 자전거가 서민들의 유일한 대중교통수단이었거든요. 그래서 어른이나 아이 할 것 없이 다들 자전거를 이용했어요. 어떤 사람들은 차로 몇 시간이나 걸리는 장거리도 자전거를 타고 다니기도 했어요. 저도 당시 자전거를 많이 이용했는데요. 탈북하기 전 이모 집에서 지내면서 더 많이 탔던 것 같아요. 이모 일을 도와 물건들을 옮겨주거나 장을 볼 때도 다 자전거를 이용했거든요.

그러던 어느 날, 동생을 뒤에 태우고 나갔던 날이 있었어요. 동생만 태웠으면 괜찮았을 텐데 한쪽에 짐을 싣고 반대편에 동생을 앉혔던 제 욕심이 화를 부른 거죠. 동생과 짐을 합친 무게가 제 몸무게보다 더 무거워서 자전거가 중심을 잃고 휘청거리다 결국, 리어카와 부딪혔거든요. 당시 제 몸무게가 30kg 후반 정도였는데 어떻게든 넘어지지 않으려고 애를 써봤지만, 이미 무게 중심을 잃은 자전거를 제어할 수가 없었어요. 다행히 자동차가 아닌 리어카와 부딪혀서 크게 다친 곳은 없었어요. 리어카 덕분에 무게 중심을 잃고 위태롭게 질주하던 자전거를 멈출 수 있게 되었죠. 다행히 리어카 뒷부분에 부딪혀서 리어카 주인도 다치진 않았어요. 저는 얼른 달려가서 리어카 주인에게 죄송하다고 사과드렸어요. 하지만 리어카 주인은 오히려 차에 부딪히지 않아서 천만다행이라며 저와 동생을 걱정해주셨어요. 저는 그제야 동생이 생각나서 동생에게 괜찮냐고 물었어요. 동생은 놀랐을 텐데도 괜찮다며 웃음을 지어 보였어요. 저는 그때 얼마나 놀랐는지 몰라요. 리어카 주인 말대로 차랑 안 부딪혀서 천만다행이었죠. 만약 차랑 부딪혔으면 저와 동생 모두 어떻게 됐을지 상상조차 안 됐어요. 저는 동생이 어디 다친 데는 없는지 한번 더 확인한 후에야 자전거를 일으키고 짐도 다시 실었어요. 그리고 집으로 갈 땐 짐만 자전거에 싣고 동생과 저는 걸어갔어요.

지금 생각해도 정말 아찔한 사고였어요. 마치 브레이크 없는 경주마처럼 자전거 핸들이 휘청이던 그 순간을 생각하면 지금도 심장이 쪼여오는 느낌이 들거든요. 동생과 함께한 날이 많지 않아서 함께한 추억도 별로 없는 저에겐 아찔하고 마음졸였던 그때의 사고도 소중한 추억이더라고요. 위험한 순간이었지만, 괜찮다며 웃어주던 동생의 모습. 큰 사고였지만 크게 다치지 않은 것에 안도하며 집으로 함께 걸어갔던 그 시간. 잠깐이었지만 이모 집에서 동생과 함께 보낸 모든 일상이 제게는 참 소중하고 행복한 추억이에요.

새로운 가족

두만강을 건너 중국에 도착하자 엄마가 마중 나와 있었어요. 엄마는 저를 보자마자 부둥켜안고 울기 시작했어요. 몇 년 만에 보는 엄마의 모습은 어렸을 적에 봤던 제 기억 속의 모습과는 많이 달라져 있었어요. 엄마는 몇 번이고 저의 얼굴을 만지면서 그동안 얼마나 고생했냐며 하염없이 눈물만 흘렸어요. 엄마를 만나서 기뻤지만, 왠지 모를 어색함에 저는 어리둥절했어요. 엄마는 엄마 없이 살게 해서 너무 미안하다고 했어요. 하지만, 갑작스러운 만남이어서인지 아니면 너무 오랫동안 떨어져 지내서인지 애틋한 감정만큼이나 앞으로 엄마와 어떻게 잘 지내야 할지 걱정이 앞섰어요. 엄마와 함께 차를 반나절 타고 가다 보니 어느새 중국 심양과 가까운 칭웬(清远)에 있는 엄마 집에 도착했어요.

엄마가 사는 집에 들어가자 가장 먼저 눈에 들어온 것은 바로 화화(엄마가 키웠던 강아지 이름)라는 강아지였어요. 얼마나 반갑게 맞아주던지 저도 덩달아 기분이 좋아져 강아지와 서로 비비며 인사했던 기억이 나요. 강아지는 인간에게 참 좋은 친구인 것 같아요. 국적 불문하고 사람을 좋아하니까요. 저는 화화와 거하게 인사를 나눈 뒤에야 집 안으로 들어갔어요. 집 안에는 중년의 낯선 남자와 어린 여자아이가 있었어요. 중국말을 못 하는 저는 머리만 끄덕이고 바로 방 안으로 들어갔어요. 엄마가 중국말로 통역했는데 무슨 말인지는 모르겠지만, 분위기를 봤을 때 저를 소개하는 내용 같았어요. 엄마는 배고프니까 얼른 밥부터 먹자고 했어요. 엄마와 낯선 남자는 부엌에서 분주하게 요리하고 있었어요. 저는 핏줄이 다른 여동생과 말을 하고 싶어도 할 수가 없었어요. 집으로 오는 중에 엄마가 얘기해주기를 집에 가면 핏줄이 다른 여동생과 새아빠도 있을 것이라고 했어요.

복이 많은 것인지 불행한 것인지 잘 모르겠지만 확실한 건 제게는 두 엄마와 두 아빠가 존재하는 셈이었어요. 물론 새엄마와 새아빠를 제대로 인정해준 적은 없지만요. 인정하든, 안 하든 제 의지와는 상관없이 새엄마와 새아빠가 생겼고 어쩌다 보니 새로운 가족까지 생겼죠. 말도 전혀 안 통하고 문화도 다른 남과도 같은 사람들이 엄마의 존재로 인해서 가족이 된 거죠. 싫든, 좋든 저는 새로운 가족을 받아들여야만 했어요. 엄마가 이미 몇 년 동안 그들과 함께 보내며 쌓은 추억이 있을 텐데 당신의 딸이라는 이유만으로 그들을 거부할 수는 없었죠. 그래서 전 엄마에게 좋다, 싫다는 표현을 별로 하지 않았어요.

엄마와의 재회는 정말 기쁘고 행복한 일이었지만 떨어져 지낸 시간만큼의 어색함은 어쩔 수 없었어요. 엄마는 저와의 어색함을 없애보려고 항상 저에게 먼저 말을 건네고 필요한 것이 있으면 언제든 이야기하라고 했어요. 엄마는 동생과 제가 엄마 없이 어린 시절을 외롭게 살게 했다는 미안함과 죄책감에 뭐든지 다 해주고 싶어 했어요. 항상 마음속으로는 엄마도 어쩔 수 없는 상황이었을 것이라며 혼자 위로하곤 했는데 막상 엄마를 만나니 그동안의 설움과 외로움이 복받쳤는지 저는 엄마에게 차갑게 대했어요. 아마도 그리움과 원망의 감정이 복합적으로 들었던 것 같아요. 새로운 가족이라고는 하지만 사실 저에게는 남과도 같은 사람들이었고, 더욱이 말도 안 통해 가족이라고 생각하기 힘들었어요.

  그곳에 머무는 6개월 동안 저는 아무것도 안 하고 한국 드라마만 봤어요. 한국 드라마를 보면서 자연스럽게 중국어 자막을 보게 되었고 그 덕분에 처음엔 전혀 몰랐던 중국어도 알아들을 수 있게 되었어요. 3개월쯤 지났을 때는 중국어가 조금씩 들리기 시작했어요. 하지만 한 번도 중국어로 얘기한 적은 없었어요. 심지어 엄마도 제가 중국어를 알아듣는지 몰랐으니까요. 엄마와 함께 사는 동안은 엄마가 다 알아서 통역을 해줬기 때문에 제가 중국어를 할 필요가 없었거든요. 말이 새로운 가족이지 사실 그 집에서 저는 조금은 편하게 사는 이방인 같은 존재였어요. 그곳에서의 유일한 친구는 화화뿐이었으니까요.

죄송해요, 엄마

엄마는 저와 동생을 너무 어렸을 때 버리고 왔다는 죄책
감에 시달리며 지금껏 살아왔어요. 그래서인지 저와 함께
사는 것 자체만으로 기쁘고 행복하다고 했어요. 그런 엄
마를 보면 더없이 안쓰럽고 미안했어요. 엄마와 떨어져
살아온 시간이 몇 년 가까이 되다 보니 엄마의 기억 속의
저와 동생의 모습은 어린 꼬마의 모습으로만 기억되어 있
었거든요. 9년이라는 시간은 엄마와 저의 사이를 어색하
게 만들어 놓았어요. 서로 살아온 환경과 다른 사고방식
때문에 엄마와의 관계는 어색함의 연속이었어요. 그 어색

한 분위기를 깨기가 참 어려웠어요. 아낌없는 사랑을 주려는 엄마와 고등학생이 된 제가 원하는 사랑은 많이 달랐기 때문이죠. 어려서부터 혼자 살아서인지 저의 고집 또한 만만치 않았어요. 하지만 엄마는 그런 저를 딸이라는 이유로, 어렸을 적 저와 동생을 버리고 떠나왔다는 죄책감 때문에 제가 짜증을 내고 화를 내도 다 웃으면서 받아주었어요. 그런 엄마의 모습을 볼 때마다 마음이 무너져 내렸죠. 그걸 알면서도 더 화를 냈던 이유는 죄책감 때문에 당신은 아프면서도 못된 딸의 성격을 다 받아주는 엄마의 모습이 너무 화나고 안쓰러워서였어요.

중국에서 엄마와 생활하는 동안 저는 먹고 자는 것 외에는 거의 아무것도 하지 않았어요. 갑자기 아무 일도 안 하고 먹고 자고 놀기만 한 탓일까요? 그동안 몸속에 내재 되어있던 병들이 하나둘씩 몸 밖으로 나오기 시작했어요. 가장 두드러지게 나타난 증상은 온몸이 부어서 살이 찐 것처럼 보이는 것이었어요. 게다가 물도 맞지 않아서 얼굴이 여드름으로 가득했고요. 병원에 가서 진단을 받아보니 몸이 많이 허약해져서 그런 것이지 어떤 특정한 병이 있는 것은 아니라고 했어요. 특히 뼈가 많이 약하다며 뼈에 좋은 약을 처방해주었어요. 진료를 마치고 집으로 가는 택시 안에서 엄마는 결국 눈물을 보이고 말았어요.

"엄마가 미안해."라며 더는 말을 잇지 못하고 눈물만 하염없이 흘리던 엄마의 모습이 지금도 눈에 선해요. 당신 때문에 한창 성장할 시기에 제대로 먹지도 못하고 고생만 시켰다며 자책했어요. 저는 아무 말 없이 엄마를 안아 주었어요. 병원에 다녀온 후부터 엄마는 뼈에 좋다는 약과 함께 몸에 좋은 음식을 많이 해주었어요. 하지만 저는 몸이 너무 허약하여 약도 제대로 먹지 못했어요. 약을 먹으면 토하는 것이 일상이었으니까요. 그럴 때마다 엄마는 어찌할 바를 몰랐어요. 그런 엄마의 모습에 저는 어떻게든 약을 먹으려고 노력했지만, 속에서 전혀 받아주지 않아 결국 토하기는 마찬가지였어요. 고향에 있을 때는 아팠던 적이 거의 없어 아주 건강하다고 생각했었는데, 사실은 아파도 아픔을 느낄 여유가 없었던 것이었어요. 그렇게 저는 몸이 안 좋아지면서 집에 누워있는 시간이 많아졌어요. 엄마는 제가 혹시라도 심심해할 것 같았는지 하루는 제 옆에 와서 누웠어요. 그리고 조심스럽게 고향에서 그동안 어떻게 살았는지 물었어요. 엄마의 물음에 어디서부터 어떻게 설명해야 할지 도저히 감을 잡을 수가 없었어요. 엄마는 저의 그런 마음을 눈치채고는 천천히 이야기해도 되니까 지금 말하기 싫으면 안 해도 된다고 했어요.

"엄마를 기다렸어요. 매일…… 아빠가 엄마 곧 돌아온다고 해서 소연이랑 둘이서 매일 손가락 세어가면서 기다렸어요. '오늘 안 오면 내일 오겠지. 내일 안 오면 모레는 오겠지.'라는 생각으로 매일매일 하루도 빠짐없이 엄마를 기다렸어요."

제 말을 듣고 있던 엄마는 조용히 눈물을 흘렸어요. 저는 이야기를 계속 이어 나갔어요. 이야기하다 보니 저도 모르게 그동안의 설움들이 북받쳐 한동안 말을 잇지 못했어요. 엄마와 저는 한참을 울다가 진정하고 다시 차분하게 이야기를 시작했어요.

"나중에 엄마가 중국으로 팔려 갔다고 외할머니한테 들었어요. 엄마가 없어지고 1년 뒤에 아빠도 바다에 나갔다가 못 돌아왔어요. 아빠 시체도 못 찾았어요."

제 이야기를 조용히 듣고 있던 엄마는 미안한 마음을 감추지 못하셨어요. 말은 안 하셨지만, 엄마의 표정만으로도 알 수 있었어요. 마치 마음속으로 '너희가 부모 잘못 만나서 너무 어린 나이에 철이 빨리 들어버렸구나.'라고 하는 것 같았어요. 하지만 엄마의 잘못도, 아빠의 잘못도 아니라는 것을 잘 알고 있었기에 부모님을 원망한 적은 없었어요. 오히려 아빠, 엄마가 겪은 일들이 저는 더 마음이 아팠어요. 엄마는 아빠가 바다에 나갔다가 돌아오지 못했다는 소식을 들었을 때 그 자리에 주저앉으셨다고 했어요. 그 모습을 상상하면 엄마도 타지에서 얼마나 외로운 시간을 보냈는지 짐작할 수 있었어요. 엄마도 엄마이기 전에 사람이고 여자인데 '왜 이렇게 강하게 살아야 할까?'라는 생각이 들었어요.

　엄마를 처음 만났을 때는 어린 시절에 못 했던 투정도 부려보고 짜증스러운 말투로 화를 내기도 했어요. 그럴 때마다 화 한번 안 내고 다 받아준 엄마에게 정말 감사하고 죄송한 마음뿐이에요. 엄마와 함께 생활했던 시간은 짧았지만 즐겁고 행복했어요. 내색은 안 했지만, 마음속으로는 지금, 이 순간이 정말 행복하다는 것을 충분히 느꼈거든요. 엄마와 함께한 모든 일상에서 말이죠. 오랜만에 만나서 짧은 일상을 함께하고 다시 이별하게 된 우리 엄마. 언제 다시 만날 수 있을지 모르겠지만, 여전히 그립고 감사하고 죄송한 마음뿐이에요. 언젠가는 엄마와 동생, 우리 셋이 함께 만날 수 있는 날이 오길 바라며 오늘도 저는 그리움을 안고 살아가요.

엄마의 북송

엄마와 함께하는 행복한 일상도 제게는 한순간이었어요. 엄마는 저를 데려오고 욕심이 생겼는지 동생도 데려오겠다며 새아빠와 함께 장백산(북한과 인접한 중국에 있는 국경 지역)으로 직접 가셨어요. 저도 동생까지 와서 함께 살면 더 좋으니까 반대하지 않았어요. 하지만 '좀 위험하지 않을까?'라는 걱정은 했어요. 그래서 엄마가 떠나던 날 조심하라고 몇 번이고 반복해서 말했어요. 그리고 제가 기다리고 있다는 것도 잊지 말라고요. 엄마는 알겠다면서 걱정하지 말고 동생과 잘 지내고 있으라고 했어요. 저는 대답 대신

고개를 끄덕였어요. 그런데 엄마가 떠나고 며칠 후 새아빠
만 집으로 돌아왔어요. 저는 제발 저의 불길한 예상이 아
니길 바라며 새아빠에게 조심스럽게 물었어요.

"엄마는요? 왜 아빠만 왔어요?"

새아빠는 한동안 아무 말 없이 한숨만 내쉬더니 조심스
레 말을 꺼냈어요.

"엄마는…… 경찰에 잡혀서 감옥에 들어갔어."

그 말을 듣는 순간 헛웃음만 나왔어요. 전 무슨 그런 농
담을 하냐면서 거짓말하지 말라고 했죠. 그 순간 머리를
한 대 맞은 것처럼 멍해져 아무 생각도 안 들었어요. 순간
엄마 없이 여기서 어떻게 살라는 거지? 아니, 지금 나를 걱
정할 때가 아니야. 엄마는 어떻게 되는 거지? 내가 엄마를
위해서 뭘 해야 하지? 아니, 엄마를 위해 할 수 있는 일이
뭐가 있을까? 수많은 생각이 제 머릿속을 헤집고 다녔어

요. 도대체 무엇을 해야 하지? 어떻게 해야 맞는 건지조차 판단이 안 섰어요. 새아빠는 어떻게든 본인이 엄마를 다시 데려오겠다며 너무 걱정하지 말라고 했지만, 저는 그 말을 믿을 수 없었어요. 당시에 저는 새아빠가 혼자 돌아온 것을 의심해 본 적이 없었어요. 아니, 의심할 여유가 없었다는 표현이 맞을 것 같아요.

그러던 어느 날이었어요. 당시 같은 동네에 사는 엄마와 친하게 지냈던 이모가 저에게 이런 말을 했어요. "근데 어떻게 너희 아빠는 돌아왔대?"라고 말이죠. 생각도 못 한 질문에 저는 잘 모르겠다고 대답했어요. 이모의 말을 듣고 보니 저도 '어떻게 새아빠만 돌아왔지?'라는 의문이 들었어요. 그 외에도 다른 의문들도 잇따라 들기 시작했죠. 그리고 새아빠가 저에게 설명해주던 당시 표정과 손짓을 다시 한번 곰곰이 생각해 봤어요. 하지만 아무리 생각해봐도 딱히 의심스럽게 생각되는 것은 없었어요. 그래서 새아빠에게 직접 물어보기로 했어요. 일 나갔다가 저녁에 돌아온 새아빠에게 저는 조심스럽게 물어봤어요.

"아빠, 저 물어볼 게 있어요. 그때 엄마가 경찰에 잡혔으면 아빠도 같이 잡혔을 텐데 어떻게 아빠만 돌아왔어요?"

새아빠는 조금 당황스럽다는 표정을 지으면서 잠시 머뭇거리더니 담배 한 대를 입에 물면서 말했어요. 사실 잡히기는 엄마와 같이 잡혔는데 심문하는 과정에서 엄마에게 중국 국적이 없는 것이 밝혀지면서 중국 국적이 있는 본인은 나오게 됐고, 엄마는 북한 사람인 게 밝혀져서 잡혔다고 했어요. 새아빠의 말을 듣고 저는 어떻게 남편이라는 사람이 그렇게 쉽게 아내를 두고 나올 생각을 하느냐고 따지고 싶었지만, 그럴 수 없었어요. 엄마에게 중국 국적이 없는 것은 사실이었으니까요. 정신적으로도 육체적으로도 너무 힘든 상황이었지만, 이성적으로 판단해야 한다고 생각하고 정신을 똑바로 차렸어요. 엄마를 위해 그때 당시에 제가 할 수 있었던 것은 새아빠를 설득해서 엄마가 감옥에서 나올 수 있도록 돕는 것뿐이었어요.

그때부터 전 북한과 연락을 자주 했어요. 알아보니 엄

마는 이미 북한으로 북송되었다고 했어요. 저와 연락하던 북한 사람은 엄마가 북송되기 전 알고 지내던 사람이었어요. 그 사람을 통해서 엄마의 소식을 접하고 돈이 얼마나 필요한지 알아내서 새아빠에게 전달해주었어요. 그쪽에서 중국 돈 이만 위안이 있으면 엄마가 감옥에서 나올 수 있다고 하여 그대로 통역해줬어요. 새아빠는 알겠다며 흔쾌히 돈을 보내주었어요. 그렇게 돈을 보내주는 대가로 엄마와 통화시켜 주기로 했어요. 새아빠와 저는 새벽인데도 불구하고 엄마와 통화하기 위해 뜬눈으로 밤 새웠지만, 약속 시간이 지나도 전화는 오지 않았어요. 전화기를 손에 쥐고 기다리는 제 속은 까맣게 타들어 갔어요. 속으로 '제발…… 제발……' 하면서 전화벨이 울리기만을 간절하게 기다렸지만 야속하게도 전화는 오지 않았어요. 사기를 당한 거죠. 그때부터 새아빠와 저 사이에 금이 가기 시작했어요.

그 후 북한에서는 어떠한 연락도 없었어요. 새아빠에게는 사기 친 사람 취급당하고, 엄마와의 통화는 물 건너가고 저는 점점 지쳐갔어요. 그래도 손 놓고 가만히 있을 수 없었어요. 저는 기운 내서 다시 다른 방법을 찾아보았어요. 다행히 같은 동네에 사는 분이 북한 쪽에 아는 사람이 있다고 소개해 주어서 그쪽으로 연락했어요. 그쪽도 믿지 못하기는 마찬가지였지만, 당시 저는 지푸라기라도 잡는 심정으로 엄마의 소식을 알아봐 줄 수 있는 사람이라면 뭐든 해야 했어요. 이번엔 먼저 돈을 보내지 않고 알아본 후에 전화 주면 돈을 보내주겠다고 했어요. 두 번 당할 수는 없었으니까요. 며칠 후 그쪽에서 엄마에 대하여 알아본 정보를 토대로 몇 가지를 저에게 확인하더니 본인 어머니 맞느냐고 물었어요. 저는 눈물을 흘리며 우리 엄마 맞다고 말했어요. 엄마의 소식을 알려 준 그들이 얼마나 고마웠는지 몰라요. 그래서 그쪽에서 요구하는 돈을 보내 주어야 했어요.

저는 다시 한번 용기를 내서 새아빠를 설득했어요. 이미 저에 대한 실망이 크다는 걸 알지만, 제 처지에 그런 걸 신경 쓸 만큼 여유가 없었어요. 그쪽에서 알려준 정보들을 그대로 통역 해주면서 이번에는 진짜라고 한 번만 더 믿어달라고 부탁했어요. 제가 너무 간절해 보여서인지 아니면 진짜라는 생각이 들어서 인지 모르겠지만, 새아빠는 돈을 보내주기로 했어요. 그렇게 중국 돈으로 만 오천 위안을 또 북한으로 보내주었어요.

 다음 날 그쪽에서 다시 전화가 와서 돈이 조금 더 필요하다고 말했어요. 그러면서 돈을 더 보내면 어머니와 바로 전화 연결을 해줄 수 있다고 했어요. 그 말에 저는 완전히 들떠서 새아빠에게 사실대로 통화내용을 통역해 주었어요. 새아빠는 갸우뚱했지만, 이내 알겠다며 돈을 주었어요. 추가로 보낸 돈은 만 위안이었어요. 예전에 연락했던 사람들과 똑같이 새벽이 되어야 전화 연결해줄 수 있다고 하여 저와 새아빠는 또다시 새벽까지 잠 못 이루고 북한에서 전화 오기만을 기다렸어요. 하지만 끝내 전화벨은 울리지 않았고 결국, 또 사기를 당하고 말았어요.

목숨 건 탈출

저 때문에 사기당했다고 생각하는 새아빠와의 갈등은 날이 갈수록 깊어져 결국 저는 그 집에서 나와야만 했어요. 몰래 도망 나오기 위해서는 철저한 준비가 필요했죠. 일단은 그 집에서 나가려면 동네 사람들의 눈을 피해야 했어요. 작은 시골 동네여서 자칫 잘못하면 동네 사람들 눈에 띄어 도망칠 기회가 없어질 수도 있기 때문이었죠. 은밀하고도 치밀하게 준비해야만 했어요. 누군가의 도움이 있었으면 편했겠지만, 저를 도와줄 사람은 아무도 없었어요. 새아빠가 일 나간 사이에 조금씩 짐도 챙기고 필요한 정보들도 미리 찾아서 준비했어요. 모든 준비를 완벽하게 마친 후 브로커를 연결해준다는 이모에게 전화했어요. 이모는 저에게 한국 가는 길에 만약 죽어도 본인은 책임지지 못한다며 그래도 가겠다면 마음 단단히 먹고 가라고 했죠. 저는 이모에게 걱정하지 말라며 죽는 게 무서울 것 같았으면 애초에 도와 달라고 하지도 않았을 것이라고 했어요. 저의 확실한 결정을 들은 이모는 브로커의 전화번호를 알려 주면서 조심히 잘 가라고 마지막 인사를 했어요. 그 후로는 이모와의 연락은 없었어요. 이모는 저에게 중국에서 처음이자 마지막 도움을 준 사람이었어요.

  브로커의 전화번호를 받았지만 사실 조금은 두려웠어요. 이모 말대로 가다가 죽는다면 이 집에서 탈출하는 의미가 없지 않을까 싶다가도 친아빠도 아닌 새아빠 집에서 매일 사투를 벌이며 사는 것이 더 의미 없는 삶이라는 생각에 결정을 굳혔어요. 탈출하기 며칠 전 새아빠와 말다툼을 하던 중 갑자기 '짝!' 하는 소리와 함께 저는 순간 눈을 감았어요. 뭔가 제 눈앞을 지나간 느낌이었거든요. 홍

분한 새아빠가 분을 못 이겨 저의 뺨을 때린 거였죠. 순식간에 일어난 일이라 저는 아픔을 느낄 새도 없었어요. 새아빠는 본인도 놀라서 어찌할 바를 몰라 미안하다며 몇 번이고 사과했어요. 그때에서야 저는 뺨을 맞았다는 사실을 알아차렸죠. 그 일이 있고 나서 저는 더 이상의 고민은 시간 낭비라고 생각하고 하루빨리 그 집에서 탈출하기로 마음먹었어요. 여기서 의미 없이 말다툼만 하며 언제 저를 신고할지도 모르는 불안감에 사느니 차라리 살길을 찾다 죽는 것이 낫다고 생각했죠.

탈출 당일 집을 나와 도망가려던 순간 무엇인가 제 시선을 사로잡았어요. 순간 발걸음을 멈추고 저의 시선이 멈춘 곳으로 발길을 옮겼어요. 그곳에는 제가 좋아하는 고양이와 강아지가 함께 놀고 있었어요. 누구에게도 의지할 곳 없는 외로운 저에게 유일한 친구가 되어 주었던 강아지와 고양이. 그 아이들을 두고 떠나려니 순간 망설여졌지만, 발길을 다시 집으로 돌릴 수는 없었어요. 저는 흐르는 눈물을 손등으로 훔치며 빠른 걸음으로 택시에 몸을 실었어요. 택시를 타고 가는 동안에도 눈물은 멈추지 않았어요. 서럽게 울고 있는 저를 지켜보던 기사 아저씨가 왜 그렇게 슬프게 우냐고 물었어요. 그 말에 저는 그냥 조금 슬픈 일이 있다고 말하고 가볍게 넘겼어요. 사실은 누군가에게 너무 힘들었다고, 너무 무서웠다고 하소연하고 싶었지만, 누구에게도 이야기할 수 없었어요. 그냥 혼자 모든 상황을 받아들이고 감내하는 방법밖에는요. 그리고 그곳을 떠날 수 있다는 것에 안도하며 스스로 위로했어요. 이제 모두 괜찮을 거라고 말이죠.

악어의 강

중국에서 태국으로 가려면 꼭 거쳐야만 하는 관문이 있어요. 바로 '악어의 강'이라는 곳이죠. 한국에 오려면 크게 태국과 라오스, 이 두 곳을 거쳐야 하는데요. 저는 태국으로 오게 되어 악어의 강을 건너야 했어요. 새아빠 집에서 탈출하여 약 일주일 만에 태국에 도착했어요. 브로커들이 사람을 여러 명을 모아서 며칠에 한 번씩 그 강까지 데려다주었고 저도 그들 무리 중 한 사람이었어요.

악어의 강에 가기까지 약 이틀 정도 소요됐던 것으로 기억해요. 중국은 워낙 땅이 크다 보니 북쪽에서 남쪽으로 이동하는 데만 하루 이상 소요되었어요. 북쪽에서 출발할 때는 패딩을 입고 출발했는데 남쪽에 도착하는 순간 챙겨 온 겨울옷들은 모두 짐 덩어리가 되어버리는 곳이기도 했죠. 그냥 걸어도 더워 죽을 것 같은 날씨에 짐을 지고 산길을 타기에는 무리가 있었죠. 결국, 패딩과 겨울옷은 다 버리고 최소한의 필요한 짐만 챙기고 산을 탔어요. 안전상 산길 역시 낮에는 이동이 안 되어 밤에만 이동할 수 있었어요. 몇 시간이나 걸었을까 몸이 지쳐갈 때쯤 안내자가 이제 거의 다 와 간다며 곧장 좀만 더 걸어서 내려가면 배가 기다리고 있을 것이라고 했어요. 안내자의 말에 다시 힘을 내서 힘차게 걸었어요. 앞에 가는 사람의 형체도 알아보지 못할 정도의 깜깜한 어둠 속에서 손전등만이 유일하게 길을 비춰주었어요. 강가에 도착하자 안내자가 배에서 기다리고 있던 사람과 태국어로 뭐라고 말하더니 잠시만 기다리라고 했어요. 나중에 듣기로는 아직 경비가 좀 있는 것 같아서 조금만 더 숲속에서 기다렸다가 배에 타야 할 것 같다고 했어요. 기다리는 동안 안내자가 이 강이 왜 악어의 강인지 설명해주었어요. 예전에 배 타고 가던 일행 중 여성 한 명이 악어에게 물려 죽은 적이 있었다고 했어요. 그 후로 이 강의 이름은 악어의 강이 되었다고요. 너무 끔찍하고 무서운 이야기였어요. 저도 저 강을 건너야만 하는데 운이 좋으면 살고 운 나쁘면 죽을 수도 있다는 생각에 두려웠어요.

이야기가 끝날 때쯤 이제 탑승해도 된다고 하여 배에 탔어요. 양쪽에서 노를 저어서 가는 배로, 성인 7명 정도 앉으면 꽉 찰 정도의 작은 배였어요. 안전장치 같은 것은 찾아볼 수도 없었고 손으로 잡을 만한 것조차 없었어요. 배에 같이 탄 사람들과 서로 지탱하며 경계를 살피는 것이 전부였죠. 다행히 강의 폭이 많이 넓지 않아 금방 건널 수 있었어요. 짧은 순간이었지만 손에 땀이 흥건할 정도로 긴장되고 떨렸던 기억이 나요.

태국 교도소

저와 일행은 위험하고 아슬아슬했던 악어의 강까지 무사히 건너서 마침내 태국에 도착했어요. 우리는 가장 먼저 태국 경찰서부터 찾아갔어요. 경찰서를 찾아가 그곳에 있는 교도소에 들어가야 안전하기 때문이었죠. 태국 경찰관들은 한국말을 곧잘 했어요. 그들의 한국어만 들어도 얼마나 많은 북한 사람들이 이곳을 거쳐 갔는지 짐작할 수 있었어요.

"안녕하세요. 이름이 모에요? 혼자 왔어요?"

발음이 조금 어눌했지만, 의사소통에는 크게 문제없었어요. 간단한 인적 조사를 마치고 다른 유치장으로 옮겨졌어요. 그곳에서 몇 시간 정도 기다리자 또 다른 팀이 도착했어요. 다른 팀까지 합류하고 우리는 또 다른 곳으로 이동했어요. 출발한 지 얼마 지나지 않아 어딘가 낯선 곳에 도착했어요. 분위기만 봐도 좋은 곳은 아니라는 느낌이 확 들었죠. 차에서 내려 안쪽으로 들어서니 교도관들이 안으로 들어가라고 손짓했어요. 그들의 손길에 이끌려 들어간 곳은 다름 아닌 태국 국제교도소였어요. 태어나서 처음으로 가본 교도소, 그것도 남의 나라 교도소라니 기분이 묘했어요.

교도소 생활은 한국으로 가려면 꼭 거쳐야 하는 관문 중의 하나였어요. 싫든 좋든 저에게는 선택권이 없었죠. 교도소 안으로 들어가서 그들이 하라는 대로 옷을 다 벗고 거죽데기 같은 천으로 몸만 가린 채 몸 여기저기를 검사받았어요. 수치스러울 정도로 깐깐하게 검사를 당하고 나니 기분이 썩 좋지는 않았어요. 검사를 끝낸 후 허름하게 생긴 방으로 안내해 주었어요. 집이라기보다는 그냥 벽과 바닥이 있는 낡은 시멘트 건물이었죠. 안으로 들어가자 낡은 벽에는 도마뱀들이 구석구석 붙어 있었고 바닥에는 사람들이 제멋대로 누워있거나 앉아 있었어요. 그들은 새로 들어온 우리를 위아래로 훑어보더니 자기들끼리 수군거렸어요. 저는 같이 들어온 사람들과도 별로 소통하지 않았어요. 혼자 우두커니 앉아서 넋 놓고 벽만 바라보고 있었죠.

그날 밤을 어떻게 보냈는지 기억도 잘 나지 않아요. 벽에 붙어 있는 도마뱀이 무서워 앉아서 잤던 기억이 나요. 다음날 우리를 한 명씩 따로 불러서 어디론가 데리고 갔는데 먼저 갔다 온 사람에게 물으니 사진을 찍고 왔다고 했어요. 무슨 사진인지는 본인도 잘 모르겠다고 했어요. 드디어 저도 사진 찍으러 가게 되었어요. 데려가서 무슨 말인지 알 수 없는 검은색 글씨가 쓰여 있는 팻말을 저의 손에 쥐여 주었어요. 팻말을 얼굴 옆에 대고 정면으로 카메라를 보라고 했죠. 팻말에 쓰여 있던 글씨가 영어였는지 태국어였는지 정확히 기억이 안 나지만 아마도 태국어였던 것으로 기억해요. 나중에 다른 사람들에게 전해 듣기로는 팻말에 쓰인 내용은 '나라를 배신한 범죄자'와 비슷한 내용이었다고 했어요. 그때는 몰랐지만, 지금 생각해보면 머그샷을 찍은 거였어요. 죄를 짓지도 않았는데 교도소에서 머그샷을 찍다니 참 아이러니했어요. 그곳에 수용된 수감자들의 범죄 종류는 매우 다양했어요. 확실한 건 가벼운 형으로 들어올 수 있는 곳은 아니었어요. 실제로 그곳에 있는 태국 범죄자 중에는 사람을 죽이고 들어 온 사람들도 적지 않았어요.

제 인생에서 처음이자 마지막 경험이라고 할 수 있는 태국 교도소에서의 경험은 평생 잊지 못할 거예요. 죄를 짓지도 않았는데 교도소라니. 아니, 어쩌면 태어난 곳을 떠나온 것이 죄가 될 수도 있는 것일까요? 중요한 것은 죄를 짓고 살면 안 된다는 것이에요. 태국 교도소 환경은 사람이 살기에는 너무나 열악한 환경이었어요. 물론 사람은 환경에 맞게 변화하므로 그와 같은 환경에 처하면 당연히 그곳의 환경에 맞춰 살아가겠지만 말이죠. 태국 교도소에서의 경험은 제게 있어 평범한 일상들이 얼마나 소중하고 감사한 것인지 깨닫게 해주었어요. 두 발 뻗고 잠을 잘 수 있는 곳, 밥을 먹을 수 있는 식탁과 따뜻한 물로 샤워할 수 있는 그런 평범한 일상을 누리고 있다면 적어도 불행한 삶은 아니라고 말이죠.

핏줄이 다른 동생과의 마지막 통화

"언니, 어디야?"

"언니 좀 멀리 왔어."

"언제 집에 와?"

"곧 갈 거야! 울지 말고 밥 잘 먹고 기다리고 있어."

태국 국제교도소에 있을 때 중국에 있는 핏줄이 다른 동생과 마지막 통화를 했어요. 언제 집에 오냐며 중국어로 울먹이며 물어보는 동생의 말에 차마 다시는 돌아가지 않을 거라는 말은 못 하고 조금만 기다리면 금방 가겠다고 거짓말을 했어요. 결국, 조금만 기다리라는 말이 기약 없는 이별이 되었지만요. 핏줄이 다른 동생과의 특별한 추억이나 정은 없지만 딱 하나 마음에 걸렸던 것은 제가 겪었던 어린 시절을 동생도 겪는 것이었어요. 곧 돌아갈 것이라는 말에 조금은 안정된 목소리로 알겠다던 동생에게 미안한 마음이 커요. 하지만 그렇다고 다시 중국으로 갈 수는 없었어요. 아니, 다시는 가고 싶지 않았어요. 국적도 없는 이방인의 신분으로 살아야 하는 중국에서의 삶은 생각만으로도 끔찍했으니까요. 비록 핏줄이 다른 동생이지만 엄마의 존재로 인해 저의 동생이 된 주양이를 위해 제가 해줄 수 있는 건 무탈하게 잘 살기를 기도해주는 것뿐이었어요. 동생과의 짧은 통화를 마지막으로 저의 교도소 생활도 끝이 났어요.

한국에 와서 중국에서 같은 동네에 살았던 언니를 통해 들은 동생과 새아빠에 대한 소식은 충격적이었어요. 제가 그 집에서 나오고 얼마 후 새아빠는 중국인 여성과 재혼했다고 했어요. 하지만, 그 여자는 재혼하고 얼마 후 집에 모아 둔 돈을 다 가지고 도망갔다고 했죠. 그 충격으로 새아빠는 농약을 먹고 자살했다고 했어요. 생각지도 못한 소식에 저는 뭐라고 말을 해야 할지 몰랐어요. 엄마의 북송으로 인해 저와 갈등이 있었고 사기도 당하고 거기에 재혼한 여자까지 도망갔으니 어쩌면 새아빠 입장에서는 그럴만도 했겠다는 생각이 들었어요. 사람뿐만 아니라 경제적인 것까지 전부 잃은 상태였을 테니까요.

저에게 온갖 협박과 함께 폭력까지 썼던 사람이었지만 막상 죽었다고 하니 말로 표현하기 어려운 묘한 감정이 들었어요. 새아빠의 자살 소식을 듣고 가장 먼저 든 생각은 '그럼 주양이는 누가 키워주지?'라는 걱정이었어요. 걱정되는 마음에 언니에게 동생은 누가 키워주냐고 물어봤더니 다행히 친할머니 집에서 키워주고 있다고 했어요. 하지만 친할머니 집에 새아빠 동생네 가족이 같이 살고 있어서 주양이가 설거지나 집안일을 해주면서 눈칫밥을 먹으며 생활하고 있다고 했죠. 눈칫밥 먹으면서 남의 집에 얹혀사는 것이 얼마나 힘든지 누구보다 잘 알고 있기에 주양이가 더욱 안쓰러웠어요. 하지만 제가 도와줄 방법은 없었어요. 무탈하게 잘 자라주길 바랄 뿐. 진짜 가족은 아니었지만 적어도 엄마의 존재로 인해 몇 개월은 한 지붕 아래 같이 살았던 사람들이 또 한순간에 뿔뿔이 흩어지고 말았어요. 저에게 있어서는 두 번째 가족과의 이별이 되었죠. 누구의 잘못도 아닌, 그냥 그런 상황이 저에게, 그리고 그들에게 일어난 것뿐이었어요.

지금도 마찬가지예요. 앞으로 어떤 일이 일어날지, 어떤 상황이 벌어질지는 아무도 모르기에 그냥 순간순간 그 상황에 잘 적응하며 살아가려고 해요. 살다 보면 때로는 받아들이기 너무 버거운 순간들도 있겠지만, 그럼에도 우리가 할 수 있는 것은 그 상황을 받아들이고 잘 이겨 내는 것뿐이니까요.

비행기

약 한 달간의 위험한 여정을 마치고 드디어 한국으로 가는 날이었어요. 우리를 인솔하기 위해 한국대사관에서 나온 인솔자는 오늘 밤에 비행기 타러 간다며 교도소에 있는 우리를 인솔하러 왔어요. 그제야 '드디어 이제 정말 한국으로 가는구나!' 하며 실감했던 기억이 나요. 죽을 각오로 새아빠 집에서 탈출은 했지만, 사실은 두렵고 무서웠던 탈북과정을 생각하면 여기까지 안전하게 와서 참 다행이라는 생각이 들었어요.

우리는 들뜬 마음으로 한국으로 가는 비행기를 타기 위해 태국 교도소에서 나왔어요. 하지만, 우리에겐 시민권이 없으므로 여권이 없었어요. 정확히 어떤 방법으로 비행기를 탔는지 모르겠지만, 단체 비자 같은 것으로 탑승이 가능했던 것 같아요. 인솔자는 우리에게 비행기 이륙시간이 될 때까지 어디인지도 모르는 지하에서 대기하고 있으라고 했어요. 저와 함께 한국으로 가게 된 일행은 약 30명 정도였던 것으로 기억해요. 시간이 얼마나 지났을까 인솔자는 이제 비행기 탑승하러 가자며 우리를 공항으로 안내했어요. 가면서 우리에게 이야기를 크게 하면 안 된다고 알려줘서 우리는 알았다며 머리를 끄덕였어요. '드디어 한국으로 가는구나!'라는 생각이 들면서 저도 모르게 긴장됐던 마음이 조금씩 안정되었어요. 제 인생에서 처음으로 비행기를 타는 순간이었어요. 어릴 적 TV에서만 보던 비행기를 이제 곧 타게 된다고 생각하니 설렘과 두려움으로 가득 찼어요.

공항에 도착하자 언제 수다 떨었느냐는 듯이 다들 숨죽

인 채 인솔자를 따라갔어요. 비행기 탈 생각에 한껏 들뜬 제 모습을 보던 인솔자는 밝게 웃어주었어요. 비행기에 탑승한 순간 이젠 정말 안전하다는 생각이 들었어요. 비행기 내부는 제가 상상했던 것보다 훨씬 멋지고 훌륭했어요. 긴장됐던 마음이 풀려서인지 비행기가 이륙하고 얼마 지나지 않아 저는 바로 잠이 들어버렸어요. 물론 저뿐만이 아니라 일행들 모두가 고개를 숙인 채 단잠을 자고 있었어요. 잠깐 눈을 붙이고 일어나니 어느덧 공항에 도착해있었어요. 저와 일행들은 모두 비행기에서 내리기를 기다리고 있었어요. 이윽고 비행기 문이 열리고 하나둘 내린 일행들은 저마다 마음의 소리를 내뱉으며 환호했어요. 저도 마음속으로 얼마나 크게 환호했는지 몰라요. 무엇보다 비행기에서 내렸던 그 날 새벽녘의 공기를 잊을 수가 없어요. 상쾌하고 조금은 쌀쌀하게 느껴지는 공기를 가슴 깊이 들이마시며 속으로 '이제 정말 안전해. 이제 진짜 자유로운 삶을 살 수 있어.'라고 외쳤던 그 순간을 지금도 잊을 수가 없어요. 안도감과 함께 그동안 고생했던 순간들이 스쳐 지나가며 행복하면서도 한편으로는 왠지 모를 아쉬운 감정이 들었어요. 저의 자유로운 삶이 보장되는 순간이기도 했지만, 한편으로는 가족과의 영원한 이별을 맞이하는 순간이기도 했으니까요.

남들보다 조금 더딜지라도

같은 듯 다른 문화를 만나다

처음 한국에 왔을 때 영어로 된 간판들이 많아서 이곳이 한국이 맞나 싶을 정도로 낯설었던 기억이 있어요. 물론 현재는 익숙해져 그런 느낌을 받지 않지만요. 하지만 처음에 왔을 때는 어디서든 영어를 어렵지 않게 볼 수 있어 마치 외국에 온 것 같은 기분이 들었어요. 영어를 생전 배워보지 않은 저에게는 영어라는 글 자체가 어려웠어요. 한국에 입국하면 가장 먼저 국정원에서 조사를 받고 하나원 (하나원의 정식명칭은 '북한이탈주민정착지원사무소'로 초기정착지원을 해주는 교육기관)이라는 곳으로 가게 돼요.

하나원에는 크게 성인과 청소년을 나눠서 교육을 진행하는데 성인들은 사회 나가서 생활하는 데 필요한 용어나 문화를 배우고 청소년들은 컴퓨터와 초, 중, 고등과정을 학생의 수준에 맞게 교육을 받아요. 저는 하나원에서 초등학교 과정을 마치고 나왔어요. 국정원에서 하나원으로 들어올 때 기수가 있는데 제 기수에는 청소년이 약 15명 정도 있었어요. 반을 나누기 전에 시험을 보게 되는데 시험을 본 결과 저는 가장 낮은 반으로 들어가게 되었어요. 북한에서 초등학교 3학년 이후로 공부해본 적 없는 저에게는 모든 것이 생소하고 어려웠어요. 특히 영어는 알파벳에 대, 소문자가 있다는 것도 모르는 상태였으니까요. 같은 기수 친구들은 'How are you, thank you.' 등 기본적인 문장을 구사할 줄 알았지만 저는 알파벳이 대, 소문자 나뉘어 있다는 것부터 배워야 했어요.

당시 저에게 영어를 가르쳐 주던 테디 선생님이 하셨던 말씀은 지금도 기억에 남아요. 예를 들어 'Apple'을 테디 선생님은 '애플'이라고 발음하시고, 가끔 자원봉사로 오시는 분은 '아뿔'이라고 발음하셨어요. 두 분의 다른 발음은 영어 기초가 없는 저를 더 혼란스럽게 만들었어요. 그때부터 저는 테디 선생님에게 같은 단어가 발음이 다른 이유는 무엇이며 단어를 외울 때는 어떤 발음으로 외워야 하냐며 따져 묻곤 했어요. 그럴 때마다 선생님은 항상 "그냥 무조건 외워."라고 말씀하셨어요. 발음이 다른 이유는 선생님들이 어디서 공부하고 왔느냐에 따라 영국식과 미국식 발음으로 나뉜다고 했죠. 하지만, 그런 선생님의 설명에도 제 의문은 쉽게 해소되지 않았고 결국, 선생님의 말씀대로 그냥 단어를 무조건 많이 외우기 시작했어요. 덕분에 영어 대, 소문자를 구분할 수 있게 되었고 기본적인 문장 정도는 말할 수 있게 되었어요.

　하나원을 퇴소하는 날 초등학교 졸업장을 받았는데요, 기분이 참 묘했어요. 고등학생 나이에 초등학교 졸업장을 받았으니까요. 이유야 어찌 됐든 저는 한 단계 성장했다는 생각에 기뻤어요. 3개월 동안 하나원에서 실생활에 필요한 교육을 해주지만 실제 사회 생활하는 데 필요한 것을 다 알기는 역부족이었어요. 실제로 웃기고 슬픈 사연이 정말 많거든요. 저와 함께 대안학교에 같이 다녔던 친구는 세탁소에 옷이 많이 걸려 있는 것을 보고 옷 가게인 줄 알고 찾아간 적도 있다고 했어요. 또 어떤 분은 '셀프'라는 말을 몰라 식당가서 "여기 셀프 주세요."라고 외치기도 했다고 해요. 이외에도 웃기지만 슬픈 에피소드가 참 많아요. 특히 연세가 좀 있으신 분들은 외래어를 더 어려워하시는 편이죠. 하나원에서 생활에 필요한 외래어들을 가르쳐 주지만 단기간에 그 많은 단어를 흡수하는 것은 어려우니까요.

어쩌면 70년이 넘는 분단의 역사로 생긴 남북한의 문화 차이는 당연한 걸지도 몰라요. 지리적인 요인과 그들의 평소 생활풍습이 점차 굳어지며 문화가 만들어지는 것이니까요. 어릴 적 제가 살아왔던 문화와는 많이 다르지만, 앞으로는 제가 살아가야 할 문화이기에 이곳 문화에 동화되기 위해 노력을 많이 했어요. 다행인 건 다른 것도 많았지만, 비슷한 부분도 있었다는 것이에요. 예를 들

면 우리나라 풍토 음식인 김치를 먹는 것이나 제사를 지
내는 것 등 전통적인 것들은 같았으니까요. 그렇게 처음
에 모든 것이 낯설었던 이곳 문화는 이제 저에게도 일상
이 되었어요.

비교문화체험

국정원에서 신원조사가 마무리되면 하나원으로 가는데요, 하나원에서는 3개월간 실생활에 필요한 교육을 받아요. 그리고 3개월이 다 되어 사회로 나가기 전, 1인당 10만 원씩 주고 1박 2일 동안 외부에서 비교문화체험을 할 수 있게 해줘요. 이건 한국 사회 정착에 필요한 첫 실전 연습이라고 할 수 있어요. 한국에 와서 하는 첫 외출인 비교문화체험은 성인과 청소년 모두가 손꼽아 기다리는 날이기도 했어요. 당시 저희 기수에는 청소년이 약 15명 정도 있었는데, 앞뒤 기수까지 합쳐서 총 세 기수 청소년들이 함께 나가게 되었어요. 대략 40명 정도였던 것으로 기억해요.

저는 당시 심한 우울증과 대인기피증으로 주변에서 일어나는 어떠한 일에도 관심이 없었어요. 하지만, 같은 기수 친구들은 이미 비교문화체험에 관한 이야기를 앞 기수 선배들에게 전해 듣고는 매일같이 그날이 오기만을 기다렸어요. 무엇을 살지 고민하며 기뻐하는 친구들과 달리 저는 흥미가 없었어요. 단지 날이 밝아서 일어나고, 살아야 하니 밥을 먹는 산송장처럼 존재감 없이 살았죠. 드디어 모두가 손꼽아 기다리던 비교문화체험의 날이 되자 친구들은 새벽같이 일어나서 화장도 하고 머리도 예쁘게 단장하고 나갈 준비를 하고 있었어요. 저는 친구들이 깨워서야 겨우 일어나서 준비했어요. 친구들은 가는 내내 서로 무엇을 살지 물어보며 입가에 웃음이 떠나지 않았어요. 서로 본인이 뭐 살지 얘기하느라 정신이 없었죠. 의욕이 없는 저와 달리 친구들은 국정원에서 약 3개월, 하나원에서 3개월 동안 지내며 밖의 세상을 궁금해했어요.

비교문화체험 말고는 퇴소 전까지 밖으로 나갈 기회가 없었으니까요.

비교문화체험은 무지개청소년센터(이주배경청소년·다문화가족의 청소년, 탈북청소년, 중도 입국 청소년 등-을 지원하는 기관)에서 미리 계획한 일정에 따라 움직이는데 프로그램은 그때그때 조금씩 바뀌서 진행된다고 했어요. 저희가 비교문화체험을 할 당시에는 교통 카드 충전 방법, 은행 이용 방법을 알려 주고 아울렛에 가서 쇼핑하는 시간을 가졌어요. 경찰서도 가보고 뮤지컬도 봤던 기억이 나요. 그때 처음 본 뮤지컬이 아마도 〈롤리 폴리〉였던 것으로 기억해요.

비교문화체험 중에 가장 신나는 시간은 쇼핑 시간이었어요. 선생님들은 싼 거 이것저것 사도 나중에 절대 안 입게 된다며 비싸도 좋은 거 하나 사라고 하셨지만, 선생님들의 말을 들을 친구들이 아니었죠. 아울렛에 가서 만날 시간과 장소를 알려주기 바쁘게 남학생들은 이미 그 자리에 없었어요. 쇼핑을 마친 후 다 같이 밥 먹으러 가자 친구들은 서로 본인이 산 물건을 자랑하느라 바빴어요.

1박 2일 동안 문화체험을 하고 하나원으로 돌아오면 다시 퇴소 날만 기다려요. 남학생들은 기수별로 패싸움을 해서 징계받아 퇴소를 못 하고 다른 곳으로 쫓겨나는 경우도 종종 있었어요. 저와 같은 기수였던 남학생들도 앞 기수 남학생들과 패싸움을 하여 불려가서 경고받고 온 적도 있었죠. 담임선생님들이 남학생들에게 제발 퇴소하는 날까지만 좀 조용히 지내자고 부탁할 정도였어요. 서로 본인이 최고라며 어리거나 힘이 약한 친구들을 모아서 패싸움하는 것이 딱 철없는 고등학생의 모습이었죠. 나중에 싸웠던 이유를 들어보면 정말 하찮은 이유였어요.

다사다난했던 하나원에서의 경험은 제게 있어 모든 것이 처음인 순간들이었어요. 그래서 하나원에서 경험했던 일들은 좋아도, 나빠도 제게는 특별한 추억으로 남아있어요.

원주, 제2의 고향이 되다

저는 하나원에서 퇴소 후 바로 강원도 원주에 있는 대안학교로 갔어요. 퇴소 당시 저는 무연고 청소년이어서 기숙사 생활을 할 수 있는 학교로 가야 했거든요. 퇴소 시기가 되면 하나원에 여러 단체가 와서 각 단체를 소개하는 시간이 있는데 크게 종교단체와 대안학교가 있었어요. 저는 수학 선생님의 권유로 대안학교를 선택했어요. 대안학교는 초, 중, 고등학교 과정을 못 마치거나 혹은 정규 학교 과정이 본인과 맞지 않는 학생들을 위해 만들어진 학교였어요. 대안학교는 학교마다 교육과정이 달랐고 연령대는

10대부터 30대까지 굉장히 다양했어요.

하나원에서 퇴소 후 가장 먼저 가게 된 곳이 강원도 원주여서인지 원주는 저에게 고향(가볼 수 있는) 같은 느낌이에요. 물론 태어난 곳은 아니지만, 한국에 와서 처음으로 가본 곳이라서 더욱 애틋해요. 원주에서는 약 2년 정도 살았는데 그곳에서 대안학교를 다니며 중, 고등학교 과정을 마쳤어요. 지금도 가끔 지치거나 힘든 일이 있을 때면 원주로 내려가요. 대안학교 시절에 자주 갔던 칼국수 집에 가서 칼국수도 먹고 예전에 자주 다녔던 원주 시내를 돌아보며 마음의 여유를 찾곤 해요. 왠지 모르게 원주에 다녀오면 마음이 편하고 여유로워지거든요. 특히 제가 원주에 살면서 항상 혼자 영화 보러 가던 길이 있는데 그 길을 원주에 갈 때마다 한 번씩 걷곤 해요. 걷다 보면 예전에 자주 갔던 옷 가게도 보이고, 제가 항상 맛있게 먹었던 떡볶이집도 보여서 자연스럽게 예전 추억들이 떠오르곤 하더라고요.

최근에 원주에 다녀왔는데 제가 가장 즐겨 먹던 떡볶이 집이 없어져서 너무 아쉬웠어요. 그 떡볶이집에서만 팔던 땡초 김밥을 정말 좋아했는데 말이죠. 항상 맛있게 먹었던 그 음식이 없어졌다고 하니 속상하더라고요. 그래도 장칼 국수 집은 아직 남아 있어서 참 다행이었어요. 최근에 원 주에 칼국수 먹으러 갔더니 사장님이 먼저 알아보시고 오 랜만에 왔다며 인사를 해주시더라고요. 서울에 온 이후로 는 갈 일이 별로 없어서 오랜만에 갔는데도 저를 알아봐 주셔서 기뻤어요. 사장님의 인사에 반가워서 서울에서 칼 국수 먹으러 왔다고 하니까 놀라시며 진짜냐고 묻더라고 요. 그 집 칼국수는 사장님이 직접 농사지은 작물들로 만 들어 굉장히 건강하고 맛있어요.

지금 생각해보면 원주에서 오랜 시간을 보내진 않았지 만 2년이라는 시간 동안 그곳에서 참 많은 추억을 쌓았어 요. 당시에는 몰랐는데 지금 생각해보면 정말 행복한 추 억이 가득한 곳이에요. 원주는 그렇게 저에게 제2의 고향 이 되었어요. 지금도 가끔 지친 일상에서 벗어나고 싶을 때 아무 생각 없이 버스표를 끊어서 원주로 가요. 갈 수 있는 곳이 있다는 사실 하나만으로도 위로가 되니까요. 원주는 저에게 있어 첫사랑 같은 곳이기도 해요. 저의 첫 한국 생활을 모두 그곳에서 보냈으니까요. 잊으려고 해도 잊을 수가 없는 곳이죠. 짧지만 행복한 추억이 가득한 원주는 태어난 고향(북한)을 가볼 수 없는 저에게 큰 위로를 주는 곳이 되었어요.

필리핀 마닐라 빈민촌과 교도소

대안학교에 재학 중에 필리핀 마닐라에 봉사활동을 다녀온 적이 있어요. 제가 다녔던 대안학교는 커리큘럼이 좀 특이했어요. 보통 학교는 1년을 기준으로 상, 하반기 나눠서 1, 2학기로 나누지만 제가 다녔던 대안학교는 1년을 4분기로 나눠서 커리큘럼이 짜여 있었죠. 1학기 때는 검정고시 준비를 하고, 2학기 때는 순회 공연(연극)하러 다니고, 3학기 때는 직업 체험을 하고, 마지막 4학기에는 공연 준비를 했어요. 당시 제가 했던 연극은 남북 분단에 관한 내용이었어요. 연극은 대사도 해야 하고 필요하면 춤도 추고 노래도 해야 했죠. 그래서 대안학교 수업 시간표 중에 밴드 시간, 음악 시간도 있었어요. 각자 본인의 성향에 맞는 악기나 노래를 배웠죠. 이런 재능들은 필리핀에 봉사활동 가서도 꽤 유용했어요. 재능기부로 공연도 하고 오카리나도 가르쳐 주며 마을 주민들과 유대감을 형성할 수 있었거든요.

빈민촌과 교도소 두 곳을 방문했는데 처음 찾아간 곳은 교도소였어요. 교도소에는 전부 다 남자뿐이었어요. 그곳에 있는 사람들은 대부분 큰 범죄를 저지른 사람들이었어요. 교도소라고는 하지만 사람이 살기에는 너무 열악한 환경이었어요. 공연하기엔 제대로 된 무대나 조명은 없었지만, 저희가 준비한 공연의 의미는 충분히 전달됐어요. 그들은 밖으로 나올 수 없어 쇠살창이 있는 창문을 사이에 두고 봐야 했어요. 공연 시작 전 나눠준 빵과 우유를 양손에 들고 쇠살창이 있는 창가 쪽으로 모여들어 공연에 집중하는 모습을 보니 뭔지 모를 짠함이 느껴졌어요. 어쩌면 저들 중에는 죄를 지은 범죄자도 있겠지만 한 번의 실수로, 혹은 어려운 환경으로 어쩔 수 없는 범죄를 저지르고 그곳에서 몇 년째 밖에도 못 나가고 있는 사람도 있을 수도 있다는 생각이 들었거든요. 어두운 피부색과 달리 그들의 눈빛은 반짝이고 있었어요. 저희의 공연을 얼마나 집중해서 보는지 공연 중에 어떤 사람은 눈이 마주치면 눈웃음을 지어 보이기도 했죠. 공연이 끝나고 남은 지원 물품을 교도소 측에 전달해주었어요. 그 모습을 쇠살창 너머에서 지켜보던 몇몇 죄수들은 몇 번이고 머리 숙여 감사 인사를 했어요. 말은 안 통했지만 그들의 몸짓 하나로도 충분히 감사의 뜻이 전해졌어요.

짧은 인사를 나누고 저희는 바로 빈민촌으로 향했어요. 현지에 있는 안내자의 안내에 따라 도착한 곳은 큰 강가에 대나무로 지은 움막들이 군데군데 있는 곳이었어요. 사람이 산다고는 상상도 할 수 없는 움막이었죠. 저희가 도착하자 마을에 있던 꼬마들이 달려 나와 반겨주었어요. 아이들은 밝은 미소를 지으며 우리에게 와서 안겼어요. 몇 살이냐고 물어보니 대답 대신 손가락으로 본인의 나이를 말해주었어요. 아이들과의 인사가 끝난 뒤에야 어른들과 인사할 수 있었어요. 아이들은 저마다 본인의 집으로 가자며 저의 손을 끌어당겼어요. 어른들과 인사 후 같이 가보자고 아이들을 진정시키고 나서야 좀 잠잠해졌어요. 교장 선생님이 동네 대표분에게 도와주러 왔다고 안내자분을 통해서 전달했어요. 필리핀이 영어를 쓰긴 하지만 빈민촌에 있는 사람들은 영어를 잘하지 못해서 통역이 필요했거든요. 안내자의 말을 들은 주민들은 감사하다며 몇 번이고 허리 굽혀 인사했어요. 그들의 인사에 저도 같이 허리굽혀 인사했어요. 말이 통하지 않으니 몸으로라도 의사소통을 해야 했거든요. 언어는 달라도 몸짓과 눈빛만으로도 대화가 될 수 있다는 것을 그때 처음 느꼈어요.

저희는 아이들을 씻겨주고 공연도 했어요. 아이들이라 그런지 확실히 춤추는 것을 좋아하더라고요. 그리고 주민들에게 필요한 물품과 함께 깨끗한 물도 전해주었어요. 그들의 생활환경이 위생적으로 많이 열악한 상태였는데요, 특히 어린 아이들에게는 더 치명적이었죠. 실제로 제가 그곳에서 겪었던 일인데 평소 화장실을 자주 가는 저는 그곳에서도 예외가 아니었어요. 급하게 화장실이 가고 싶다고 안내자분에게 얘기했더니 동네 주민 중에 한 분이 본인의 집으로 저를 데려갔어요. 그분을 따라 집안에 들어갔는데 집이라기보다는 대나무로 지은 움막이었어요. 일단은 따라 들어가긴 했는데 아무리 둘러봐도 화장실은 보이지 않았어요. 화장실이 어디 있냐고 물으니 집 한쪽 구석을 가리키며 저기라고 했어요. 당황한 제가 정말 여기가 화장실 맞냐고 물으니 맞다며 고개를 끄덕였어요. 따로 가림막도 없고 무엇보다 그들이 잠자는 공간에서 볼일을 본다는 게 너무 민망하고 죄송해서 괜찮다고 했어요. 하지만, 집주인은 괜찮다며 저를 그곳에 데려다 앉혔어요. 그리곤 보자기로 저를 가려줬어요. 집 주인의 성의를 거절할 수가 없어 급한 대로 볼일을 봤지만 미안함을 떨쳐낼 수가 없었어요. 웃기고 슬픈 얘기지만 그때 당시 그 상황이 제게는 매우 충격이었어요. 같은 사람이 달라도 너무 다른 환경에서 살아가는 것을 보며 놀라울 따름이었죠. 무엇보다도 그들은 그런 환경에 살아가면서도 항상 밝은 모습이었어요. 저는 남의 집에서 화장실을 봤다는 것에 대한 미안함을 애써 웃어넘기며 나오는데, 그런 제 모습을 본 집 주인은 오히려 제가 민망해하는 것을 눈치채고 괜찮다며 몇 번이고 웃으면서 말했어요. 만약 제가 그들과 같은 상황에서 산다면 어땠을까. 아마도 전 이미 이 세상 사람이 아닐 수도 있겠다는 생각이 들었어요. 저의 못난 생각과는 달리 척박한 환경에 살아가면서도 밝고 긍정적인 그들을 보면서 오히려 제가 더 위로를 받고 온 느낌이었어요.

　그들에게 도움을 주기 위해 자원봉사를 갔지만, 진정한 위로와 마음의 평화는 오히려 제가 더 받고 왔죠. 저뿐만 아니라 같이 갔던 학생들도 저와 같은 말을 했어요. 그곳 아이들의 순수하고 투명한 눈빛은 지금도 잊을 수 없어요. 오카리나 연주법을 알려주니 매우 신나서 어떻게 하면 본인도 이 악기를 연주할 수 있느냐며 묻던 아이와 본인의 집을 구경시켜 준다며 저의 팔을 끌어당기던 아이. 그 아이들의 밝고, 명랑한 모습은 순수함 그 자체였어요. 그래서인지 그 아이들과 어울리고 있으면 마음이 편안해지고 저도 모르게 같이 웃고 있는 제 모습을 발견했죠. 그곳에서의 여정이 끝나고 한국으로 돌아오는 날 빈민촌을 한 번 더 방문했는데 그곳 주민들은 그동안 감사했다며 이제 한국으로 간다니 아쉽다며 눈물을 보이기도 했어요. 아이들도 저에게 매달리며 안 가면 안 되느냐고 했죠. 다음에 또 맛있는 것을 가지고 놀러 오겠다고 말하고 아쉬운 마음을 달래며 작별 인사를 하고 공항으로 갔어요. 저는 비행기를 타기 전까지도 그곳에서의 여운이 쉽게 가시지 않아 마음 한 편이 무거웠어요. 저 사람들은 어떻게 저렇게 티 없이 밝은 미소로 살아갈 수 있는 걸까? 분명 가진 것은 제가 훨씬 많은 것 같은데 저는 그들만큼 행복하고 즐겁게 살지 못하는 것 같아 괜히 저 자신이 부끄러워졌어요. 저는 무엇인가를 항상 더 원하는 삶을 살고 있었거든요. 행복은 본인의 내면에서 시작된다는 걸 그전까진 몰랐어요. 비교보다는 현재 상황에 만족할 줄 알고 그것에 감사함을 느끼며 산다면 충분히 행복한 삶을 살 수 있는데 말이에요.

봉사활동을 해본 사람이라면 알아요. 봉사하고 나면 그

들이 고마워하는 마음에서 오는 뿌듯함과 행복함을 느낄 수 있다는 것을요. 결국, 도움을 주는 사람도 도움을 받는 사람도 서로 주고받는 과정에서 서로가 서로에게 위로가 되어주는 것이죠.

결국엔 좋은 날이 와요

국정원에 가면 가장 먼저 신원확인을 위해 개인 조사를 받아요. 개인 조사받을 땐 독방에 머물게 되는 데 있는 것이라곤 볼펜과 빈 종이 한 장뿐이라 쇠살창 없는 감옥과도 같았어요. 독방에 있는 종이는 조사받을 당시 빠진 내용이 있거나 추가로 생각나는 것이 있으면 적으라고 주는 종이었죠. 사실, 조사를 몇 차례 받다 보면 조사받을 당시에 제가 무슨 말을 했는지 기억이 안 나는 경우가 많아요. 그렇다 보니 다음 조사에 가게 되면 같은 말을 반복하거나 새로운 말을 하는 경우도 적지 않게 있었어요. 실제로 어떤 사람들은 조사 중에 너무 다른 내용의 말을 해서 거 짓말 탐지기까지 했다고 하더라고요. 다행히 저는 그런 일이 없었어요. 다만 저는 엄마의 북송으로 인한 충격 때 문에 가끔 했던 말도 기억 못 하고 다른 말을 하는 경우 가 종종 있었죠.

 다행히 조사는 약 일주일 정도로 다른 사람들보다 비교 적 빨리 끝났어요. 보통은 한 사람 조사하는데 2주 정도 걸리거든요. 개인 조사가 다 끝나면 다른 사람들과 함께 지낼 수 있는 다인실로 보내줘요. 보통 사람들은 조사를 빨리 끝내고 사람들과 함께 지낼 수 있는 다인실로 가길 원했어요. 하지만 저는 다인실로 가길 원하지 않았어요. 다인실로 안내해 주시는 분과 함께 다인실에 도착하여 문 을 열고 들어가려는 순간 갑자기 머리가 혼미해지며 어지 러웠거든요. 결국, 저는 직원분에게 다시 독방에 가게 해 달라고 요청했어요. 직원분은 저처럼 독방에 다시 가겠다 는 사람은 처음 봤다며 의아해했어요. 제 이야기를 전해 들은 국정원 원장님은 직접 저에게 찾아와서 초콜릿을 주시면서 지금 많이 힘들겠지만 잘 이겨내야 한다며, 사회 나가면 꼭 공부하라고 격려해주셨어요. 그 후로도 원장님은 제게 종종 찾아오셔서 초콜릿도 주시고 심심한 저를 위해 도서관에 데려가서 책도 빌려주셨어요. 원장님 덕분에 저는 국정원에서의 무료한 시간을 잘 버틸 수 있었어요.

당시에는 제가 대인기피증과 우울증이 있다는 사실을 몰랐어요. 나중에 사회 나와서 일상생활을 하면서 알게 되었죠. 그때까지만 해도 저는 지금껏 혼자 지내와서 사람 많은 곳이 적응 안 되는 줄로만 알았죠. 어쩌면 초기 발단은 그런 것일 수도 있어요. 어릴 적부터 제가 겪은 상황들을 돌이켜 보면 모든 일이 일반적이지 않았으니까요. 실제로 국정원에 있을 당시 삶에 의욕도 없고 제 자신이 무기력하게 느껴져 못된 생각을 몇 번 했던 적이 있었어요. 어떻게 보면 한국에 와서 육체적으로는 자유의 삶을 얻었지만, 정신적으로는 완전히 피폐한 상태였으니까요. 저의 이런 대인기피증과 우울증은 하나원을 퇴소하여 대안학교에 가서도 꽤 오랫동안 이어졌어요. 대안학교에 있을 당시 평소 무표정한 제 모습에 교장 선생님이 항상 하시던 말씀이 있어요.

"너는 항상 같은 표정을 하고 있어서 네 기분을 알 수가 없다. 즐거워도 슬퍼도 항상 그 표정이니……."

교장 선생님의 말을 듣고 거울 속 저 자신을 마주하니 꼭 감정 없는 사람처럼 보였어요. 영혼도 없고 삶에 대한 의욕도 없어 보였어요. 마치 산송장 같은 느낌이라고 할까요? 거울 속 제 모습을 보며 저는 다짐했어요. 더 이상 이렇게 살지 말자고, 스스로 바꾸어보자고 말이죠. 그렇게 대인기피증과 우울증을 극복하기 위해 찾은 방법이 바로 책 읽기와 일기 쓰는 것이었어요. 매일 일기를 쓰며 마음속 응어리를 풀었고, 책을 읽으며 위로를 받았어요. 정말 신기하게도 일기를 쓰고 독서를 한 지 얼마 지나지 않아 점차 제 모습이 밝아지는 걸 느꼈어요. 한 번에 모든 것이 해결되는 것이 없듯이 우울증이라는 증상도 한 번에 해결되진 않았어요. 하지만 적어도 책 읽기와 일기를 쓰기 시작하기 전보다는 많이 나아졌죠. 저에게 일기를 쓰는 방법은 꽤 유용한 방법이었어요. 누군가와 문제가 있었거나 혹은 누군가 아무 이유 없이 제게 화풀이를 한 날은 일기에 하나도 빼놓지 않고 기록했어요. 당일에 있었던 일들을 쓰며 당시 저의 감정이 어땠는지도 알게 되고 제게 화풀이했던 사람의 입장까지도 역지사지로 생각할 수 있었죠. 그렇게 쓰기 시작한 일기는 어느새 공책 몇 권으로 채워져 소중한 추억으로 남았어요.

대인기피증과 우울증은 내면의 부서짐으로 인해 생기는 마음의 병이에요. 부서진 내면을 단단하게 채우기 위해선 무엇보다 건강한 마음가짐과 사고가 필요해요. 부정적인 생각보다는 긍정적인 사고로 삶에 임해야 해요. 지금 이 순간, 누군가 과거의 저처럼 어둠의 시기를 보내고 있다면 이 말을 꼭 전하고 싶어요. 세상엔 영원한 고통도, 아픔도 없다고요. 그저 조금 더 어두운 시기를 보내는 중일 뿐이라고요. 추운 겨울이 지나면 봄이 찾아오는 것처럼, 결국엔 좋은 날이 나에게도 찾아온다고요. 그러니까

무너지지 말라고요. 잔인하지만 고통스러운 그 감정마저
도 살아 있어서 느낄 수 있다는 사실에 감사하며 살아가
야 한다고요.

죄송하지만, 저는 선배들과 달라요

"너 정도 실력으로는 서울에 있는 대학교 못 가. 내가 지금까지 10년 넘게 너희 선배들을 대학에 많이 보냈지만, 그중에 졸업생은 열 손가락 안에 꼽아."

대안학교에 있을 때 교장 선생님이 저에게 하셨던 말씀이었어요. 제가 서울에 있는 대학교에 가겠다고 하면 돌아오는 말은 응원과 격려 대신 걱정스러운 질책이었죠. 그만큼 대학교에 가면 이곳에서 태어나서 공부해온 친구들과의 경쟁에서 살아남기 힘들다는 뜻이었어요. 교장 선생님의 말씀이 무슨 뜻인지는 저도 알아요. 하지만, 그렇다고 당신이 지금까지 봐왔던 학생들처럼 저도 그럴 것이라며 일반화시키는 것이 싫었어요. 당연히 이곳에서 태어나서 공부해온 친구들과 불과 몇 년 안 되는 사이에 검정고시로 학력 인정을 받고 대학교에 가는 제가 경쟁해서 이긴다는 것은 정말 어려운 일이죠. 하지만 적어도 제가 그들과 경쟁해서 살아남을지 아니면 중도에 포기할지는 해봐야 안다고 생각했어요.

검정고시 점수를 높게 받았음에도 대안학교 선생님들은 서울에 있는 대학보다는 원주에 있는 대학교에 가기를 권했어요. 선생님들이 어떤 부분을 걱정하는지 잘 알고 있었지만, 걱정보다는 격려해 주기를 바랐던 저는 선생님들의 만류에도 혼자 서울로 올라와 입시 준비를 했어요. 보통은 대안학교에서 선생님들이 대학교 입시정보도 알아봐 주시고 입시 준비도 도와주지만 저는 이미 대안학교를 졸업하기 전에 떠난 상태라 도움을 받을 수 없었어요. 저는 제 힘으로 대학에 가서 보란 듯이 졸업하여 선생님들에게 저는 다르다는 걸 보여주고 싶었어요. 지금 생각해도 교장 선생님의 말씀이 모두 틀린 말은 아니에요. 다만 그동안 당신이 봐온 학생들은 대학교에 가서 못 버티고 중퇴하는 경우가 많았으니 너도 그럴 것이라며 일반화시키는 것이 싫었던 것이죠. 어떻게 다른 사람을 다 같다고 평가할 수가 있을까요? 저는 그런 선생님의 생각이 틀렸다는 것을 보여주기 위해 대학교 졸업할 때까지 정말 열심히 살았어요.

새터민들은 대학교에 재외국민 전형으로 들어가게 되는데 일반 입시보다는 물론 쉬운 편이에요. 지금은 시험을 보고 입학하지만, 예전에는 시험조차 없이 재외국민 전형 하나로만 입학했다고 했어요. 그러다 보니 다들 서울에 있는 유명한 대학교에만 진학한 거죠. 하지만 입학 후 현실의 벽을 느끼고 중도 퇴학하는 경우가 많았어요. 이미 수능 등급이 높은 학생들과의 경쟁에서 살아남을 수가 없었던 것이죠. 아주 기본적인 정보 찾는 것조차도 어려워하는 학생들도 많았으니까요. 결국, 쉽게 좋은 대학에 입학은 했지만, 본인들이 경쟁에서 살아남을 수가 없으니 중퇴하는 사례가 빈번하게 발생했던 거죠. 그 후로 대학교마다 새터민

학생들을 아예 안 받아주는 곳도 생기고 대부분의 대학교는 재외국민 전형 시험을 통해 학생들을 선발하게 되었어요. 다행히 지금은 대학교 가기 전에 충분히 공부해야 한다며 새터민들이 다니는 대안학교에서도 공부를 많이 시키고 있다고 들었어요. 실제로 저는 대안학교에 있을 때 하루에 영어단어 100개씩 외우며 공부했었어요. 이미 이곳에서 태어나서 교육받은 학생들과 어울려 공부하려면 최소 그 친구들이 하는 노력의 두 배 정도는 더 해야 한다고 생각했거든요. 나중에는 선생님들도 저를 인정해주셨어요.

때로는 걱정과 우려보다는 말없이 지지해주고 격려해주는 게 더 좋은 방법이지 않을까요. 칭찬은 고래도 춤추게 한다는 말이 있듯이 사람도 마찬가지죠. 때로는 따끔한 충고가 도움 될 때도 있지만, 따뜻한 격려와 칭찬으로 믿고 기다려주는 것만큼 좋은 방법도 없어요. 누구나 칭찬과 격려를 듣고 싶어 하지 싫은 소리를 듣고 싶어 하는 사람은 없으니까요. 하지만, 무엇보다 중요한 것은 뭘 하든 본인의 주장이 확실해야 한다는 것이에요.

아늑한 나의 집

제가 한국에 입국할 당시에는 청소년이라 임대주택을 신청할 수 없었어요. 임대주택을 신청하려면 몇 가지 조건이 있었는데 저는 그 조건에 충족되지 못했기 때문이죠. 임대주택 신청조건은 조건은 첫째, 성인이어야 하고 둘째, 취직해서 일을 6개월 이상 근속한 사람 혹은 대학교에 진학 후 한 학기 이상 마친 사람이어야 했어요. 제가 입국했을 당시에는 위 모든 조건이 충족되지 않은 상태여서 대안학교에서 기숙사 생활을 해야만 했어요. 기숙사 생활은 공동체 생활이라 여러 가지로 힘든 점이 많았어요. 서로

가 서로에게 피해가 가지 않게 조심스럽게 행동하는 것이 예의지만, 가끔 본인이 하고 싶은 대로만 하는 제멋대로인 사람도 있었거든요.

이런 스트레스 외에도 제가 대안학교에서 지내는 동안엔 막내라서 해야 하는 일도 많았어요. 언니 오빠들이 뭐라고 해도 모른 척하고 넘긴 적도 적지 않았고요. 하지만, 대안학교 기숙사 생활에서 가장 힘들었던 것 중 하나는 바로 저만의 공간이 없는 것이었어요. 학교에 가도 숙소에 와도 항상 같은 사람들과 지내야만 했죠. 가끔은 혼자만의 시간이 필요한데 저만의 시간을 가질 수 있는 공간이 없다는 것이 많이 힘들었어요. 가끔, 너무 힘들거나 슬픈 일이 있을 땐 소리 내며 울고 싶은데 그럴 수가 없었죠. 그래서 항상 그런 일이 있을 때면 혼자 슬픈 영화를 보러 가서 소리 없이 울곤 했어요. 그때의 슬픔을 달래기 위해 영화를 보러 다니던 습관이 이젠 취미가 되어버렸지만요.

그때부터 늘 저만의 공간이 있으면 좋겠다고 생각했었

는데, 마침내 대학교 입학 후 한 학기를 마치고 바로 집 신청을 할 수 있게 됐어요. 보통 집 신청을 하면 최소 몇 개월은 걸리는데 저는 거의 한 달 만에 원하는 지역에 집을 받을 수 있었어요. 집이 배정됐다는 소식을 듣고 그토록 원하던 집이 생겼다는 생각에 너무 기뻐서 힘든 줄도 모르고 청소하고 짐을 옮겼어요. 그전까진 제가 잠시 다니던 교회에서 운영하는 교회 그룹홈에서 생활했었거든요. 집이 배정되고 바로 나간다고 하니까 그룹홈에서 함께 살던 이모는 집에 가구도 좀 들여놓고 천천히 들어가라고 했지만 저는 괜찮다며 바로 짐을 싸서 빈집으로 들어갔어요. 9월이라 밤에는 좀 추웠지만, 그 정도쯤은 충분히 이겨 낼 수 있었어요. 이불도 없어서 밤에는 겉옷 몇 개로 밤을 보내기도 했지만, 그래도 그 어느 때보다 행복하고 마음이 편안했어요. 이제는 저에게 잔소리할 사람도 없고 무엇보다 제가 청소해놓으면 그대로 유지된다는 생각에 마냥 기쁘기만 했거든요.

누구나 한 번쯤은 자취하고 싶은 로망이 있죠. 본인만

의 공간을 마음에 들게 꾸밀 수 있고 무엇보다 혼자만의 시간을 온전히 즐길 수 있는 나만의 아지트가 생기는 것이니까요.

　처음 집에 들어갔을 때는 아무것도 없어 말하면 메아리처럼 목소리가 울렸는데, 집에 가구가 하나둘 들어오면서 제법 사람 사는 집처럼 온기가 돌기 시작했어요. 집 정리를 모두 끝내고 침대에 처음 침대에 누웠던 그날의 기분은 지금도 잊을 수가 없어요. 저만의 공간이 생겼다는 사실 하나만으로 그동안 힘들었던 모든 것들이 눈 녹듯이 사라지는 느낌이었어요. 드디어 저만의 공간에서 새로운 인생을 시작하게 된 거죠. 집 배정받은 날이 엊그제 같은데 벌써 몇 년째 그곳에서 살고 있어요. 그 어느 때보다 저만의 시간을 즐기며 사는 요즘, 가끔 힘들 때도 있지만 그럼에도 저만의 공간에서 조용히 저를 돌아볼 수 있음에 감사해요.

맨땅에 헤딩

어릴 적부터 수없이 많은 아픔과 이별을 겪으면서도 참 잘 버텨왔던 저였는데 이따금 무너지는 기분이 들 때가 있었어요. 분명 북한보다는 생활환경이 더 나은 한국으로 왔지만, 아무것도 모르는 저에겐 앞으로 어떻게 살아가야 할지 막막하기만 했거든요. 하나원이나 대안학교에서 만난 선생님들은 앞으로 잘 살려면 무조건 공부하라고 했어요. 공부하면 모든 것이 해결되기라도 하듯이 말이죠. 선생님들의 뜻을 모르는 것은 아니었지만, 북한에서 초등학교 중퇴 이후로 오랫동안 공부하지 않던 저에게는 공부를 새로 시작한다는 것 자체가 큰 도전이었어요. 하지만, 선생님들 말씀처럼 공부하는 것 말고는 달리 방법이 없었기에 저는 공부하기로 마음먹었어요.

어떤 것이든 처음에는 다 어렵기 마련이기에 시작이 반이라는 말처럼 우선 시작하고 보자는 생각이었죠. 제가 한국에 입국했을 당시에는 이미 고등학생 나이여서 일반 고등학교 진학은 무리라고 생각하여 검정고시를 준비하기로 했어요. 1년간 열심히 노력한 결과 중, 고등학교 과정을 검정고시로 마치고 대학교까지 진학했어요. 늘 그렇듯이 목표했던 바를 이루면 또 새로운 목표가 생기고 새로운 시작과 도전을 하는 것이 우리 인생이잖아요. 저 역시 마찬가지였어요. 어릴 적부터 고생을 많이 한 저였지만, 이곳에서 정착하는 과정 또한 쉽지 않더라고요. 아는 것도 없고 아는 사람도 없는 낯선 곳이라 그런지 맨땅에 헤딩하는 느낌이었거든요. '이 또한 지나갈 거야. 분명 나에게도 좋은 날이 올 거야.'라며 스스로를 다독이며 살았지만 쉽진 않았어요. 어렸을 적에 겪었던 고통과 아픔과는 또 다른 어려움이었거든요. 어디에도 마음 편히 속할 수 없는 이방인 같은 느낌. 누구와도 온전히 친해질 수 없는 저의 정체성에 외롭고 힘든 시간이었죠.

누군가와 인연을 맺으려면 항상 저라는 존재에 대한 설명이 필요했고 제가 태어난 고향에 대한 설명이 필요했으니까요. 그래서 한때는 새로운 사람을 만나는 것에 대한 부담감도 있었어요. 지금은 그렇지 않지만요, 돌이켜보면 어릴 적부터 지금까지의 제 인생은 맨땅에 헤딩하는 순간들의 연속이었던 것 같아요. 누군가는 평생 살아도 경험하지 못할 일들을 저는 20년도 안 되는 사이에 다 겪었으니까요. 어쩌면 앞으로도 맨땅에 헤딩하는 날이 없을 것이라고 장담할 순 없지만, 지금까지 그래왔던 것처럼 유연하게 그 상황을 받아들이고 꿋꿋이 잘 이겨내 보려고 해요.

인생은 도전과 선택의 연속이라는 말처럼 앞으로도 저는 도전과 선택을 멈추지 않으려고 해요. 오늘의 편안함에 안주하면 결국 도태되는 결과밖에 없으니까요. 때로는 맨땅에 헤딩하는 순간이 있을지언정 그 순간마저도 삶의 일부라고 생각하고 도전과 실패를 두려워하지 않으려 해요. 결국, 인생은 끊임없는 선택과 도전으로 이루어지니까요. 그 과정엔 실패가 있기 마련이지만 그 과정을 잘 이겨냈을 때 비로소 온전한 성공을 맛볼 수 있을 거라 믿어요. 맨땅에 헤딩 좀 하면 어때요. 뭐든 하고 있다는 사실이 중요하고 살아 있다는 사실이 중요한 거죠.

조금 느려도 괜찮아

저는 원주에서 중, 고등학교 검정고시를 마치고 바로 대학교 입시 준비를 위해 서울로 올라왔어요. 저와 같은 새터민들은 모든(일부 대학 제외) 대학교에 재외국민 특별전형으로 한국 학생들보다는 조금 쉽게 대학교에 입학할 수 있어요. 앞에서도 언급했듯 새터민 학생 중 일부 학생들은 본인의 성적이나 전공과 상관없이 오로지 좋은 대학 입학을 목표로 입학했다가 중도 포기했다는 이야기를 학교 선생님들에게서 많이 들어왔어요. 그래서 선생님들은 대학교에 진학하겠다고 하는 학생들이 있으면 항상 앞서 말한 이야기들을 빼놓지 않고 얘기하시면서 유명한 대학교보다는 본인이 가고 싶은 학과를 선택해서 가는 것이 제일 좋다고 조언해주셨어요.

저 또한 예외는 아니었죠. 검정고시 봤을 당시 제 성적이 매우 고득점임에도 불구하고 선생님들은 그 성적으로는 서울에 있는 대학교에 입학하기에는 역부족이라고 했어요. 이곳에서 태어나 초, 중, 고등과정을 모두 마친 친구들과의 경쟁에서 고작 검정고시로 중, 고등학교 과정을 마친 제가 살아남는 게 어렵다는 것은 누구보다 잘 알고 있었죠. 그럼에도 저는 서울에 있는 대학교에 가고 싶었어요. 서울에 있는 대학교를 선택했던 이유는 지방에 있는 대학교보다는 서울에 있는 학교에 가면 무엇이든 더 많은 것을 배울 수 있다고 생각했기 때문이었어요. 혼자 입시 준비하는 것이 쉽진 않았지만, 결과적으로 제가 원했던 한양대학교(에리카) 중국학과에 입학하게 되었어요. 서울 와서 혼자 입시 준비를 할 때 입시에 필요한 영어와 국어는 기존에 대안학교에서 자원봉사로 오셔서 가르쳐주

시던 분이 개인적으로 도와주셨어요. 이 글을 통해 그분에게 감사의 말을 전해요.

제가 원하던 학교에 입학해서 정말 기뻤지만, 그 기쁨도 잠시였어요. 대학교에 입학했을 당시 부모님의 축하를 가장 먼저 받고 싶었지만 그럴 수 없는 현실에 헛헛한 마음이 들었거든요. 그래도 북한에서는 집안 형편이 어려워 공부를 못했던 한을 대학교에 가서 원 없이 풀고 싶었어요. 남들보다 조금은 늦게 중, 고등학교 과정을 마치고 대학교에 입학했지만, 후회는 없었어요. 적어도 저는 제가 하고자 하는 것에 조금은 느릴지라도 포기하지 않고 도전했기 때문이었죠. 만약 선생님들의 권유대로 서울에 있는 대학교를 포기하고 지방에 있는 대학교에 입학했으면 아마도 평생 후회하며 살았을지도 몰라요. 제 확실한 목표를 이루기 위해 당당히 선생님들의 권유를 뿌리치고 할 수 있다는 것을 보여 준 저 자신이 매우 기특하고 뿌듯했어요.

가장 중요한 것은 본인이 하고 싶은 것이 무엇인지 잘

파악하고, 그 목표를 이루기 위해서 끝까지 포기하지 않는 마음가짐이에요. 또한, 어떤 일이든 할 수 있다는 자신감과 함께 부단한 노력이 필요하죠. 지금까지 그랬듯이 앞으로도 저는 오늘의 편안함에 안주하지 않고 더 나은 제가 되기 위해 항상 겸손한 마음으로 끊임없이 도전하려고 해요.

일기 쓰기

제가 일기를 쓰기 시작한 건 대안학교를 다닐 때부터였어요. 어렸을 적에도 종종 쓰기는 했지만, 본격적으로 매일 쓰기 시작한 것은 대안학교 재학시절부터였죠. 아무도 없는 낯선 곳에서 제가 할 수 있는 것이 공부밖에 없다는 현실에 많은 고민과 스트레스가 있었거든요. 공부하기 싫어서가 아니라 북한에서 초등학교 3학년 때 중퇴한 이후로 한 번도 펜을 손에 잡아 본 적이 없는 저에게는 공부하는 것 자체가 쉽지 않은 도전이었기 때문이었어요. 무엇보다 제가 어렸을 적에 받았던 교육과 내용도 다르고 방식도 달라서 더 어려웠죠. 하지만 제가 한국에 입국했을 당시에는 청소년이었기에 공부하는 것 말고는 달리 선택의 여지가 없었어요. 결국, 저는 하나둘(하나원 내에 있는 학교명) 학교 선생님들과 국정원 원장님의 바람대로 공부하기로 마음먹었어요.

　막상 공부하겠다고 선택은 했지만, 걱정과 두려움은 쉽게 떨쳐 낼 수 없었어요. 하나둘 학교 선생님의 소개로 대안학교로 갔는데, 그곳은 한국과 북한 친구들이 함께 어울려 공부하는 학교였어요. 다른 대안학교에 갈 수도 있었지만, 원주에 있는 대안학교를 선택한 이유는 학교 커리큘럼 때문이었어요. 대부분 대안학교가 공부만 하는 것에 비해 셋넷학교는 1년을 4분기로 나눠서 연극, 직업 체험, 공연, 검정고시 등 다양한 활동을 할 수 있는 것이 마음에 들었거든요. 공부도 좋지만 다양한 체험을 할 수 있는 학교를 추구했었기에 셋넷학교(하나둘 학교 이름에 이어서 셋넷학교라고 지었다고 해요)는 저에게 안성맞춤이었어요. 제가 셋넷학교로 갈 때쯤 학교 소재지가 서울에서 원주로 이사를 한

뒤였어요. 그래서 저는 바로 강원도 원주로 내려가게 되었죠. 그곳에서 기숙사 생활하면서 검정고시 준비를 했어요.

처음엔 가장 어려운 영어와 수학을 중심으로 공부했어요. 다행히 하나둘 학교에서 영어 기초는 배우고 온 상태라 영어단어 외우는 것부터 시작할 수 있었어요. 매일 영어단어를 100개씩 외우며 열심히 공부한 결과 발음기호도 없이 단어를 읽을 수 있을 정도가 됐어요. 당시 셋넷학교에는 영어단어 1,000개 모음 책이 있었는데 대안학교 학생 중 제가 최초로 1,000개의 영어단어 책을 다 외운 학생이 되었죠. 학교에서 최초로 1,000개 영어단어 책을 다 외운 학생이 되었다고 선생님들로부터 인정받은 것도 기뻤지만, 그보다는 제가 영어에 대한 어려움을 극복해냈다는 성취감에 더 기뻤어요. 그 후로 영어에 대한 자신감이 생겨 독학으로 중, 고등학교 교재 등 일반 서적들까지 찾아보면서 영어 공부에 매진했어요. 그 결과 영어에 대한 거부감이 없어지고 재미를 느끼기 시작했죠. 다른 과목도 마찬가지로 조금씩 재미가 붙었지만 유일하게 제가 또 어려워했던 과목 중 하나가 바로 수학이었어요. 수학은 특성상 정답이 있는 과목이다 보니 정답이 나올 때까지 문제를 풀어야 해서 사실 공식을 외우지 않으면 답을 도출해 내기가 어려웠어요. 제가 가장 취약했던 것 중 하나가 바로 수학 공식을 외우지 못하는 것이었어요. 그런 문제가 계속 지속되면서 수학에 대한 흥미가 점점 사라졌어요. 하지만 그렇다고 포기할 제가 아니었기에 새로 오신 수학 선생님의 가르침에 따라 최선을 다해 문제를 풀기 위해 노력했고 결국에는 검정고시 때 수학을 백 점 맞았어요.

선생님도 기뻐하시고 어렵게 해낸 저 자신에게도 뿌듯한 마음이 들었어요. 사실 이렇게 좋은 성적을 내기 위해서는 많은 노력이 필요했어요. 결과적으로 성적은 좋았지만, 그 과정에서 받았던 스트레스로 인해 우울증과 대인기피증이 점점 더 심해져 갔거든요. 이미 학교에 왔을 때부터 우울증과 대인기피증이 있었지만, 학교에 와서도 증세는 조금도 나아지지 않았어요. 저는 저의 정신적 건강을 위해서 뭐라도 해야 했어요. 그렇게 찾은 방법이 일기 쓰기와 독서였어요. 그때 당시에 정말 많은 책을 읽었어요. 신기하게도 안 좋은 일이 있거나 우울할 때 책을 읽으면 우울한 기분에서 벗어날 수 있었어요. 책을 읽다 보면 잡생각이 없어지고 온전히 책 내용에 집중할 수 있어서 좋았죠. 어렸을 적에 할머니가 저에게 항상 하시던 말이 있었어요. 바로 '책은 인생의 길동무'라는 말인데요, 책을 읽으며 그때 할머니가 하셨던 말이 조금 이해됐어요. 그때부터 매일 일기를 쓰던 습관은 저에게 큰 장점이 됐어요. 일기를 쓰면 그날의 저의 기분이 어땠는지 알 수 있었죠. 그리고 아무에게도 말하지 못한 억울하고 슬픈 감정을 일기장에 쓰며 해소했어요. 무엇보다 일기를 고백하듯이 조용히 써 내려가다 보면 저의 마음에 응어리져 있던 감정이 풀리는 것을 느낄 수 있었죠.

살면서 스트레스를 받지 않는 것은 불가능해요. 그러니 스트레스를 안 받으려고 하는 것보다는 스트레스 해소 방법을 찾는 것이 훨씬 더 현실적이고 좋은 방법이에요. 만약 스트레스 해소를 어떻게 해야 할지 고민인 분들이 있다면 저처럼 일기를 써보거나 혹은 책을 읽어보는 것을 추천해요. 이 외에도 스트레스 해소 방법으로 할 수 있는 것은 매우 많아요. 스트레스는 내버려 두거나 쌓아두면 안 돼요. 어떤 방법으로든 해소해주는 것이 좋아요.

정체성

"고향이 어디세요?"

"저요? 강원도 원주요!"

정체성으로 힘들어할 당시 저는 제 고향을 원주라고 말하곤 했어요. 사회생활 하면서 사람들과 어울리다 보면 자연스럽게 고향 이야기나 학창 시절 이야기를 할 때가 있어요. '피할 수 없으면 즐겨라.'라는 말이 있듯이 저는 언젠가부터 그냥 저의 정체성에 대하여 물 흐르듯이 자연스럽게 상황에 맞춰가기로 했어요. 사실 한국에 입국한 지 얼마 안 됐을 때는 참 많이 고민했어요. 사람들이 고향이 어디냐고 물어보면 사실대로 북한이 고향이라고 말해야 할지, 아니면 한국의 어느 한 지역을 저의 고향이라고 거짓말을 할지 진지하게 고민했었죠. 저의 고향을 부정하거나 부끄러워서 말 안 하는 것이 아니에요. 단지 아직은 북한이 고향이라고 하면 듣고 놀라는 사람이 대부분이기 때문이에요. 아마도 새터민이라면 누구나 한 번쯤은 저와 같은 고민을 해봤을 거예요.

처음부터 본인의 출신지에 대하여 밝히는 사람도 있지만, 누군가는 저와 비슷하게 잠깐 스쳐 지나가는 인연에는 굳이 말하지 않는 사람도 있겠죠. 개인적으로 본인이 상처받지 않는 선에서 각자 본인만의 방법대로 살아가면 된다고 생각해요. 제가 지금까지 한국에서 살면서 느낀 점은 편견이라는 것은 쉽게 없어지거나 고쳐지는 게 아니라는 것이에요. 적어도 아직은 새터민들에 대한 편견이 남아있어 한국 사람들과 똑같이 이곳에서 대한민국 국민으로 살아가고 있음에도 쉽게 북한 이야기를 하기는 어렵죠.

이러한 문제들에서 오는 정체성 혼란으로 인해 오랫동안 힘들었어요. '사람들에게 나를 소개할 때 어떻게 해야 하지?'라는 질문이 항상 있었죠. 하지만 이제는 그 질문에서 완전히 자유로워졌어요. 사람들은 생각보다 저에게 관심이 없다는 것을 알게 됐거든요. 결국, 저 혼자 저의 정체성에 대해서 고민하고 혼란스러워했던 거였어요. 사람들에게 저의 존재는 저라는 사람 사실 외에는 그 이상도 그 이하도 아니었으니까요. 스쳐 지나가는 인연에는 자연스럽게 그 정도의 깊이로 저의 이야기를 하면 되고 그보다 좀 더 깊이가 있는 사이라면 또 그 정도의 깊이에 맞게 저 자신에 대하여 말하면 된다는 것을 오랜 고민을 통해 깨달았어요. 애써 처음부터 이곳에서 태어난 사람처럼 하려고 하지도 않을뿐더러 어차피 그래봤자 소용이 없다는 것을 너무 잘 알고 있기에 지금은 있는 그대로의 저를 받아들이기로 했어요.

통일이 언제 될지는 모르겠지만 언젠가는 통일이 되어 제 고향에 가서 고향 음식도 먹고 싶고, 고향에 있는 친구들도 만나고 싶어요. 어쩌면 늙어서 서로 못 알아볼 수도 있고 죽을 때까지 고향 땅을 못 밟아 볼 수도 있겠지만, 그럼에도 희망의 끈을 놓지 않으려고 해요. 희망마저 없으면 너무 비참하고 슬프니까요. 언젠가는 제 가족을 만날 수 있는 날이 오기를 간절히 바랄 뿐이에요.

사회초년생

누구나 한번은 겪게 되는 대학 진학 고민과 취업 고민을 저도 겪었어요. 대학교 합격발표 시간 몇십 분 전부터 노트북 앞에 앉아서 미리 합격자 발표 사이트를 켜놓고, 애써 태연한 척 휴대전화를 보며 긴장되는 마음을 달랬던 기억이 지금도 생생해요. 드디어 합격자 발표 시간이 다가왔고 합격자 명단을 천천히 내려봤어요. 'OOOO학번 이소원 합격'이라고 제 이름이 정확하게 적혀 있었죠. "합격이다. 와, 진짜 합격했다. 진짜 했어! 대박." 제 눈으로 확인하고도 믿기지 않았어요. 혹시라도 잘못 보기라도 했을까

봐 두 번 세 번을 다시 확인했지만 합격이었어요.

그 순간 저는 아빠, 엄마를 부르며 딸이 대학교에 합격했다고 제일 먼저 알려주고 싶었어요. 하지만 현실은 노트북 앞에 앉아서 혼잣말로 합격했다고 말하는 것이 전부였어요. "아빠, 엄마 나 대학교에 합격했어! 딸이 혼자 힘으로 대학에 갔어. 기특하지? 아빠는 보고 있으려나." 이 기쁜 소식을 함께 나눌 사람이 없다는 것이 조금은 슬프고 외로웠어요. 지금도 생생한 대학교 입학 합격 소식이 무색하게 벌써 4년이라는 시간이 흘러 졸업하고 회사원이 되었어요. 저는 대학교 재학 중에도 항상 아르바이트를 했어요. 공부도, 경제적인 것도 모두 혼자 해결해야 했으니까요. 주로 카페에서 일하다가 4학년 2학기 때 취업계를 내고 취업을 한 적이 있었어요. 수업 중에 모르는 번호로 전화 와서 조용히 강의실 뒷문으로 나와 전화를 받았어요. 제 이력서를 보고 면접 제의 차 전화했다고 했어요. 근무지는 강남에 있는 웨딩홀이었는데 혹시 바로 일을 시작할 수 있는지 물어봤어요. 일단 급여를 보고 이력서를 넣긴 했지만 처음 접하는 일에 조금은 망설여졌어요. 생각 좀 해보고 다시 연락드리겠다고 했더니 흔쾌히 그러라고 했어요. 강의실로 돌아와서 방금 전화 온 회사의 채용공고 내용을 다시 찾아봤어요. 수업은 이미 귀에 들어오지 않았죠. 그 회사에 갈지 말지 고민하며 노트에 낙서하다 보니 어느새 수업이 끝났어요. 수업도 끝났으니 이제 그 회사에 갈지 말지 선택만이 남았죠. 결국, 저는 일을 해보기로 결정하고 강의실을 나오면서 바로 전화했어요.

"안녕하세요. 아까 통화했던 이소원인데요. 면접 보러 언제 가면 될까요?"

"네, 그럼 혹시 내일 바로 오실 수 있으세요?"

"네, 가능한데 혹시 몇 시쯤 가면 될까요? 제가 수업이 있어서."

"아, 그럼 수업 끝나고 오세요!"

"감사합니다. 그럼 수업 끝나고 바로 가겠습니다."

다음 날 수업 끝나고 바로 면접 보러 갔어요. 회사의 규모는 생각보다 컸어요. 처음 접하는 업종이기도 하고 회사 자체가 처음이라 저는 모든 것이 신기하고 궁금한 것도 많았어요. 면접 보러 회사에 들어가자 데스크에 앉아 있던 여직원이 어떻게 왔냐고 물었어요. 면접 보러 왔다고 하자 상담실 같은 곳으로 안내해주고 잠시만 기다려 달라고 했어요. 겉옷을 벗어서 의자에 걸쳐놓고 차를 한 모금 마시면서 방안을 둘러보고 있는데 어떤 여자분이 들어왔어요. 본인을 예약부 부장이라고 소개했어요.

"안녕하세요, 소원 씨 맞으시죠?"
"네, 맞습니다."
"저는 예약부 부장 OOO입니다. 전공이 중국어네요, 여기서는 중국어 쓸 일이 많이 없을 텐데, 괜찮아요? 중국어 잘해요?"
"잘한다기보다는 일상 회화는 문제없이 할 수 있습니다."

이후로도 여러 가지 질문들이 있었어요. 부장님은 본인은 마음에 든다며 바로 본부장님 면접도 보자며 본부장님을 불렀어요. 잠시 후 본부장님이 휴대전화에 시선을 고정한 채 들어왔어요.

"음, ○○대학교 나왔다고?"
"네, 맞습니다."
"공부 좀 덜 했나 보네, 서울 캠퍼스 안 간 거 보니."

본부장님은 여전히 휴대전화를 보며 말했어요.

"아닙니다. 서울 캠퍼스에는 제가 원하는 학과가 없어서 지원하지 않았습니다."

본부장님은 추가로 몇 가지 질문을 더 하고 부장님에게 알아서 하라며 나가버렸어요. 부장님은 본부장님 말을 너무 신경 쓰지 말라며 걱정해줬어요. 그리곤 부장님이 바로 다음 주부터 출근할 수 있냐고 해서 바로 가능하다고 했어요. 면접이 끝나고 집에 가는 길에 본부장님의 태도가 마음에 걸려 고민했지만, 출근하기로 했어요. 다음 주부터는 수업이 아닌 일을 한다니 무척 설레고 기대됐어요. 저의 첫 회사생활이 어떨지, 회사 사람들은 어떨지 등 혼자 온갖 상상의 나래를 펼치며 첫 출근날을 기다렸어요. 그때 저는 아직 때 묻지 않은 순수하고 설렘으로 가득했던 사회초년생이었죠.

아빠의 빈자리

웨딩홀에 입사 후 아침 일찍 회사로 출근하는 게 힘들었지만, 월급으로 일한 것에 대한 보상을 받아서 피곤해도 참을 수 있었어요. 그리고 입사 초기에는 일을 배우는 단계여서인지 재미도 있었어요. 회사 사람들도 좋아 보였죠. 하지만 한 달이 지나고 두 달이 지나면서 점점 사람들의 안 좋은 점들이 드러나면서 사람에 대한 회의감이 들기 시작했어요. 그래도 같이 일하는 동료들인데 회사 다니는 동안이라도 그들과 잘 지내보려고 노력했어요. 하지만 결론적으로 저에게 돌아오는 것은 알 수 없는 오해와 그들의 잘못이 제 잘못이 되어 돌아오는 것뿐이었어요.

　제가 잘못하지 않은 것에 대한 오해와 본인들의 잘못을 저의 잘못으로 돌린 것에 대하여 저는 참을 수 없었어요. 결론적으로 저는 저에 대한 오해와 누명을 해결하고 퇴사했어요. 어려서부터 부모님 없이 혼자 살아오면서 모든 것을 혼자 해낼 수 있다고 생각했어요. 실제로 거의 모든 것을 혼자 해결해왔고요. 그래서인지 부모님에 대한 존재의 중요함을 별로 느끼지 못하고 살아왔어요. 그렇게 오만하게 생각하며 살던 저에게 첫 사회생활은 부모님의 존재가 얼마나 중요한지에 대한 큰 깨달음을 줬어요. 결국, 혼자서는 모든 일을 해결할 수 없다는 한계를 알게 해준 계기가 되었죠. 회사에서 상사들에게 혹은 고객들로부터 꾸지람을 듣거나 욕을 들은 날은 퇴근길에 저도 모르게 눈물이 났어요. 그때마다 가장 먼저 생각나는 사람은 아빠였어요. 전화라도 해서 오늘 하루 힘들었던 일들을 이야기하고 싶은데 그럴 수가 없다는 사실이 저를 더 슬프게 했어요.

누군가는 아빠라는 존재가 미워 죽겠다고 할 것이고, 또 누군가는 아빠가 자랑스러울 수도 있어요. 누군가는 저처럼 아빠라는 존재가 그리울 테고요. 제가 아빠가 그립다고 하면 아빠가 아주 멋지고 훌륭한 사람이었거나 혹은 저와 아빠의 관계가 좋았다고 생각할 수도 있어요. 하지만 절대 그렇지 않았어요. 아빠와 저는 친하지도 않았을뿐더러 어릴 적 저에게 아빠는 두려움의 대상이었거든요. 그런 아빠가 왜 그립냐고 물어본다면 "저를 이 세상에 태어날 수 있게 해준 사람이니까. 그리고 이 세상에 하나밖에 없는 아빠니까요."라고 대답하고 싶어요. 아빠는 자식에게 무엇을 해줘서 멋있는 게 아니라 그냥 존재 자체로 힘이 되는 사람이라 생각해요. 당연히 저처럼 생각 안 하는 사람도 있겠지만 적어도 저에게 아빠란 존재는 그런 존재예요. 지금 생각해보면 세상 유일한 제 편은 아빠였어요. 퇴사 전 회사에서 억울한 일을 당했을 때였어요. 한껏 풀이 죽은 상태로 사무실로 걸어가던 저를 본 예식 진행팀 부장님이 저에게 격려의 말을 해주었어요.

"소원이 오늘 잘했어?"

"네, 잘했어요!!"

"잘했어!!! 소원이 파이팅!"

그러면서 하이 파이브를 해주는데 갑자기 눈물이 핑 돌 았어요. 애써 감추고 있던 억울한 감정이 부장님의 응원 의 말 한마디에 결국, 터져 버렸거든요. 그 순간 이런 생 각이 들었어요.

"우리 아빠가 살아 있어서 나를 저렇게 응원해준다면 얼 마나 좋을까. 정말 세상 무서울 것이 없겠다. 우리 소원이 잘하고 있다. 잘하고 있어, 라고 말해준다면!"

저는 그냥 아빠가 필요한 것이었어요. 아빠의 사랑과 관 심이 필요한 것이었어요. 어렸을 적에는 철없는 생각에 부 모님 없이 혼자서도 잘 살 수 있다고 생각했는데 저의 오 만함이 무너지는 순간이었죠. 갈수록 부모님의 부재가 깊 어지는 것은 저도 나이를 먹어가기 때문이겠죠. 이젠 평생 그리움의 대상이 된 아빠. '아빠'라는 이름만으로도 저에게 위로가 되는 존재라는 걸 모르시죠. 저의 든든한 버팀목이 되어 주셔서 고맙습니다. 보고 싶은 우리 아빠 부디 하늘나라에선 평안함에 이르시길 바라요.

행동이 곧 기회

처음부터 꿈이 확실히 정해져 있으면 좋겠지만 안타깝게도 모든 사람의 꿈이 확실히 정해져 있는 것은 아니죠. 누군가는 승무원을, 누군가는 경찰을, 또 누군가는 변호사나 판사가 되기를 꿈꿔요. 하지만 준비하는 과정에서 혹은 시간이 지나면서 자연스럽게 꿈이 바뀌기도 하죠. 반면 내가 뭘 잘하는지 모르고, 무엇을 해야 할지도 몰라서 고민하는 사람도 있어요. 하지만 무엇을 해야 할지 모른다고 해서 그것이 문제가 되지는 않아요. 살아가는 데 있어서 조금은 불안하고 남들 시선에 내가 어떻게 보일지 걱정이 될 뿐이죠. 저 역시 대학교를 졸업하고 무엇을 해야 앞으로 안정적으로 편하게 살 수 있을지에 대한 고민을 많이 했어요.

대학교 진학 전까지는 경찰이 되고 싶어서 운전면허 1종도 취득하고 중국어 전공을 살려서 출입국 공무원을 해보려고 온라인 강의도 신청했었어요. 그렇지만 시험은 보지 않았어요. 대학교 마지막 학기에는 '인류학'이라는 학문에 관심이 생겨 대학원에 가려고 관심 분야 논문들을 찾아보고 직접 교수님을 찾아가서 면담까지 받았지만, 현실적인 문제들로 결국 대학원 진학도 포기했죠. 이외에도 저의 꿈은 여러 번 바뀌었어요. 꿈이 몇 번씩 바뀌면서 '도대체 내가 하고 싶은 것이 무엇일까?'라는 질문에 도달하게 되었죠. 내가 잘하는 것이 무엇이고, 또 하고 싶은 것이 무엇인지 생각 해봤지만 뚜렷한 답은 나오지 않았어요. 그 후로 저는 하고 싶은 일이 없으니 '돈을 벌어보자.'라는 생각으로 무작정 일을 시작했어요. 대학교 시절부터 해왔던 카페 아르바이트를 시작했는데 생각보다 저의 적성에 잘

맞았어요. 이때부터 제가 좋아하는 아르바이트 여러 개를 동시에 병행했어요. 주로 카페와 헬스장에서 일했는데 헬스장은 인센티브 받는 재미가 꽤 쏠쏠했어요. 상담만 잘 해서 회원권만 많이 끊으면 그만큼 인센티브로 보답이 돼서 일하는 것이 즐겁고 재미있었어요.

무슨 일을 해야 좋은 일이고 어떤 일을 해야 멋있는 그런 일은 없어요. 본인에게 맞는 일을 찾아서 스트레스 안 받고 하면 그만큼 좋은 것은 없다고 생각해요. 물론 사람마다 우선순위가 다 다르겠지만 적어도 현재 무엇을 해야 할지 모르겠다고 생각하는 분들이 있다면 어떤 일이든 시도해보라고 말해주고 싶어요. 평소에 해보고 싶었던 일도 좋고요. 저도 대학교를 졸업하고 뭘 할지 몰라 여러 가지 아르바이트를 하며 방황을 많이 했지만, 그 과정에서 다양한 경험을 했고 덕분에 제가 뭘 좋아하고 잘하는지 찾게 되었어요. 그렇게 지금은 안정적인 회사에 다니며 유명하진 않지만, 제가 좋아하는 글을 쓰며 작가라는 직업도 갖게 되었어요.

이것저것 다양한 일을 경험하다 보면 그 과정에서 나도 모르는 재능을 발견할 수 있어요. 중요한 건 아무것도 안 하면 아무 일도 일어나지 않는다는 거예요. 고민과 걱정은 앞으로 나아가는 나를 가로막는 가장 나쁜 적이라고 생각해요. 걱정과 고민에 빠져있는 사이 애꿎은 시간만 흐를 테니까요. 조금 느려도, 가끔 실패해도 괜찮아요. 중요한 건 아무것도 안 하면서 내 삶이 변하기를 바라면 안 된다는 거죠. 그러니까 걱정과 고민보단 행동으로 옮기는 실행력이 필요해요. 행동이 곧 내 삶을 바꿀 유일한 기회라는 것을 잊지 말아요.

때로는 외로울지라도

너무 잘하려고 애쓰지 않아도 돼

일하다 보면 내 뜻대로 안 되는 경험 누구나 한 번쯤 있죠. 물론, 일이 본인과 안 맞거나 혹은 일에 흥미를 못 느껴서 일수도 있어요. 그러나 제 경험을 비춰봤을 때 일이 너무 어려워서 못 하는 경우는 거의 없었어요. 문제 대부분은 사람과의 관계로 인해 일까지 힘들어지는 경우였죠. 솔직히 무슨 일을 하든지 관련 분야를 전공한 사람이 아니면 처음에는 다 어렵다고 생각해요. 하지만 일은 하다 보면 익숙해지죠. 문제는 같이 일하는 사람과 시너지가 잘 맞아야 해요.

제가 예전에 잠깐 일했던 회사에서 상사와 일하는 스타일과 성격이 안 맞아 힘들었던 적이 있어요. 어쩌면 그 상사도 저로 인해서 힘들었을 수도 있지만요. 상사가 기본적으로 감정 기복이 있는 편이어서 같은 공간에 있으면 영향을 안 받을 수 없었거든요. 아무리 무시하고 신경 안 쓰려고 해도 온종일 같은 공간에 있는 것 자체만으로도 힘들었어요. 무엇보다 본인이 기분이 나쁘면 제가 그 감정 해소에 이용되는 것 같아서 싫었죠. 당시 수습 기간이었던 제가 했던 작은 실수를 핑계로 본인의 안 좋은 감정까지 저에게 풀었거든요. 그런 일이 잦아지면서 평소 어디 가서 일하면서 실수를 거의 해본 적이 없는 제가 처음으로 계속 실수를 했어요. 별거 아닌 실수로 상처 되는 말들을 들으면서 저의 멘탈은 점점 더 약해졌고 결국 다시 실수하는 악순환이 반복되었죠.

이런 악순환은 저의 자존감까지 낮아지게 만들었어요. 퇴근하고 다음 날 출근 전까지 늘 혹시 실수한 것이 있나 생각할 정도였으니까요. 퇴근하고 뭔가 찝찝하거나 불안한 날은 다음 날 아침 출근했을 때 상사의 표정을 보면 알 수 있었어요. '오늘도 한 소리 듣겠구나!'하고요. 누군가는 '그러면 실수를 안 하면 되는 거 아닌가?'라고 생각할 수도 있어요. 맞아요. 실수를 안 하면 되죠. 하지만 사람이 기계처럼 완벽할 수도 없고 실수하고 싶어서 하는 사람은 더더욱 없을 거예요. 누군들 남에게 싫은 소리 듣고 싶은 사람이 있을까요? 뭘 해도 잘 안 풀리는 날이 있고, 때로는 내 생각만큼 몸이 안 따라줄 때가 있는 것처럼 저에겐 그때가 그런 시기였던 거죠.

  뭐가 됐든 각자 본인이 맡은 일에 최선을 다하면 돼요. 너무 잘하려고 애쓰지 않아도 돼요. 너무 잘하려고 하다 보면 생각만큼 몸이 안 따라줄 수도 있고 혹은 본인의 의도와는 다르게 잘해보려고 애썼던 것이 쓴소리로 돌아올 수도 있어요. 왜냐하면, 어떤 사람들은 과정보다는 결과만 보고 이야기를 하기 때문이죠. 그런 사람들에게 과정은 중요하지 않아요. 보이는 결과만 보고 당신을 지적할 테니까요. 그럴 때면 정작 본인의 의도와 다르게 흘러가는 것을 보고 의욕을 잃고 좌절하게 되는 것이죠. 사람이 한 번 좌절하면 다시 일어서기가 쉽지 않아요. 얼마나 힘들고 고통스러운지 좌절해본 사람들은 알아요. 방법은 본인 영역에서 적당히 눈에 나지 않게 잘하면 돼요. 물론 말처럼 쉽지는 않지만, 우리에겐 적당히 할 줄 아는 습관이 필요해요. 적당히 거절할 줄도 알아야 하며, 적당히 상사비위 맞추는 것도 필요하죠. 가장 중요한 것은 본인 자신을 지킬 수 있어야 해요. 그러기 위해서는 본인이 맡은 일은 완벽하게 해놔야 해요.

혹시 지금 많이 힘든가요? 회사에서 상사가 하는 말들로 인해 상처받고 있나요? 매일매일 출근길이 근심이 가득한가요? 혹시 집에 와서 방에서 몰래 울고 있지는 않나요? 가족들에게 말해도 다들 힘들게 일을 하고 있으니 너도 참고 견디라고 말할까 봐 힘들다는 말조차 꺼내지도 못하고 있나요? 그렇지 않길 간절히 바라지만 만약 지금 그런 상황이라면 모든 것을 내려놓고 잠시 쉬기를 바라요. 다들 힘들게 살아가는 것은 맞지만, 그 힘듦의 깊이는 다 다른 것이니까요. 다들 힘들게 살아가니 너도 참고 견디라며 일반화시키는 것은 잘못된 것이죠. 어떻게 모든 사람의 고난과 상처를 같다고 말할 수 있을까요? 가족이라고 할지라도 당신에 대해서 다 알진 못해요. 본인을 가장 잘 아는 사람은 본인뿐이죠. 그러니 지금 많이 힘들고 지쳤다면 잠시 모든 것을 내려놓고 어디든 좋으니 떠나보시길 바라요. 그곳에서 지친 마음에 잠시라도 본인만의 방식으로 위로를 건네기를. 우리는 모두 존재 자체만으로 이미 소중하고 사랑받아 마땅한 사람이니까요.

사실은 하나도 안 괜찮아

우리가 보통 친구나 지인들이 힘들어할 때 해주는 말이 있죠. "괜찮아, 다 잘 될 거야." 혹은 "안 힘든 사람이 어디 있어. 다 힘든데 그냥 버티는 거지."라는 말이요. 사실 맞는 말이에요. 하지만, 그 순간에는 이런 식의 위로는 별로 도움이 안 돼요. 왜냐하면, 이야기한 당사자도 다른 사람들도 힘들게 버티고 있는 것을 이미 알고 있기 때문이에요. 누군가에게 용기 내서 말하는 이유는 훈수나 해결책을 들으려고 하는 게 아니라 들어주고 공감해주길 바라기 때문이에요. 그러니 부디 훈계를 두려고 하거나 혹은 다 괜찮아질 것이라는 희망 고문 같은 말은 하지 않길 바라요.

　본인이 힘든 것은 본인의 몫이고 누구도 해결해 줄 사람은 없어요. 그럼에도 누군가에게 용기 내 털어놓는 이유는 상대방에게 털어놓음으로 인해 조금이나마 홀가분한 마음을 가질 수 있기 때문일 거예요. 제가 평소 지인들에게 많이 듣는 말이 있는데요. 바로 참 밝고 긍정적인 마음으로 산다는 말이에요. 실제로 저는 웬만하면 부정적인 태도보다는 긍정적인 태도로 일상생활에 임하는 편이에요. 지인들이 보기에는 충분히 밝고 에너지가 좋은 사람으로 보이죠. 전부 부정하는 것은 아니에요. 하지만, 저의 모습 중에 긍정적인 부분들도 있지만, 사실 정말 우울하고 부정적인 부분도 있어요. 왜냐고 묻는다면 어렵지 않게 대답할 수 있어요. 지금까지의 제 삶에는 좋은 일보다는 안 좋은 일들이 훨씬 많았기 때문이에요. 안 좋은 경험 또한, 저의 삶 일부이기에 이 사실만큼은 부정할 수 없어요. 안 좋았던 경험들까지 포장해서 좋은 경험이었다고 말하고 싶지는 않아요. 겸허히 좋은 것은 좋은 대로, 안 좋은 것은 안 좋은 대로 받아들이려고 해요. 안 좋은 일이 있었는데 애써 밝은 척 아무렇지 않은 척하는 것이 무슨 소용이 있을까요.

　제가 살면서 경험해본 것에 의하면 당시 본인의 감정에 충실한 것만큼 건강한 게 없어요. 예를 들어 슬픈 일이 있었는데도 누군가의 시선이 두려워 혹은 누군가에게 슬픈 감정을 들키기 싫어 애써 감추고 그 상황을 외면한다면 언젠가는 반드시 그 감정은 배가 되어 돌아올 것이에요. 아빠의 죽음, 엄마의 행방불명, 동생과의 이별, 마지막 남은 희망이었던 집마저 빼앗겨 버리는 이 모든 순간이 받아들일 여유조차 없이 한순간에 저에게 닥쳤죠. 당시엔 그 상황을 억지로 받아들이는 것 말고는 제가 할 수 있는 게 아무것도 없었어요. 큰일이지만 '괜찮아 앞으로 다 잘 될 거야.'라며 주문이라도 걸듯이 자신에게 말을 하곤 했어요. 하지만 돌이켜 보면 저는 그때의 저에게 조금만이라도 그 상황을 받아들일 수 있는 시간을 줬어야 했어요. 그 후로도 겪지 말아야 할 어려운 일들을 경험했지만, 저에게 그 상황들을 받아들일 수 있는 시간을 주기보다는 그럴 시간이 없다며 재촉하기에 급급했어요. 결국, 그때의 아픔과 슬픔에 충분히 아파하지 못해 지금에서야 우울증이라는 증상으로 나타나 저를 힘들게 하고 있어요. 정신과 상담을 받고 약 처방을 받아먹으면 괜찮아질까요? 아니면 '나는 할 수 있다.' 하며 무한 긍정으로 살면 이겨 낼 수 있을까요? 어쩌면 그냥 자신의 상태 그대로 받아들이고 인정하는 것만이 유일한 방법일지도 몰라요.

 어쩌면 오늘이 가장 힘든 날일 수도 있고 오늘이 인생에서 가장 행복한 날일 수도 있어요. 하지만 그보다도 더 중요한 것은 오늘 하루를 살고 있다는 사실이에요. 저는 오늘 너무도 힘들고 지친 하루를 보냈어요. 그럼에도 죽지 않고 살아 있다는 것에 감사하며 하루를 마무리해요. 사는 동안에는 어쩌면 괜찮은 날보다는 안 괜찮은 날들이 더 많을지도 몰라요. 그럴 땐 그냥 쉬어가세요. 애써 괜찮은 척하지 않아도 돼요.

나는 어떤 사람일까?

저는 지인들로부터 '좋은 사람, 멋있는 사람'이라는 말을 종종 들어요. 지인들이 저에게 이런 말을 하는 데는 그만한 이유가 있다고 생각해요. 그중엔 제가 하고 싶은 일들을 하나씩 이뤄나가는 성실한 모습도 있겠지만, 그보다는 지인들에게 보여주는 제 모습이 진심이기 때문에 그런 이야기를 들을 수 있는 거라고 생각해요. 제가 생각하는 저의 모습을 객관적으로 말하자면, 사실 저는 남들보다 조금 이해력이 느린 편이고, 뛰어나게 예쁘거나 특별할 것 없는 지극히 평범한 사람이에요. 하지만 모든 사람은 평범함과 함께 본인이 잘하는 것을 가지고 태어난다고 생각해요. 다만 본인이 잘하는 것이 무엇인지 찾지 못해서 잘하는 것이 없다고 생각할 뿐이죠. 저 또한 그랬었으니까요. 하지만 계속해서 스스로에 대해 알아가려고 노력한 결과 현재 저는 어떤 성향의 사람인지 스스로 잘 알고 있어요.

　제가 생각하는 저와 남들이 본 저의 모습에는 같은 부분도 있지만 다른 부분도 있어요. 먼저 제가 생각하는 저와 남들이 생각하는 저의 같은 부분은 주어진 상황에서 열심히 최선을 다한다는 것과 이해심 많고 배려가 많은 사람이라는 것이에요. 반대로 다른 부분은 남들에게는 거의 보여주지 않은 저의 이기적이고 때로는 불성실한 모습이에요. 사람이라면 누구나 이기적인 부분이 존재하기 마련이죠. 이기적인 것은 어떤 상황에 어떻게 나타나느냐에 따라 좋거나 나쁘게 보이는 것이지, 이기적이라는 것 자체가 나쁘다고는 생각하지 않아요. 중요한 것은 남들이 저를 어떤 사람으로 보고 대하는지 잘 살펴볼 필요가 있다는 거예요. 다시 말해, 스스로 어떤 사람인지 객관화하여 생각해 볼 필요가 있다는 것이죠. 남들이 생각하는 저와 제가 생각하는 저의 모습을 연결해보면 제가 어떤 성향의 사람인지 어느 정도는 알 수 있거든요.

지인들과 만나면 저는 항상 밝은 표정과 기쁜 마음으로 대화를 나눠요. 그런 저의 모습을 보는 지인들은 제가 활발하고 밝은 성격을 가진 긍정적인 사람이라고 생각하죠. 밝고 긍정적인 사람이라는 말은 저에게 많은 위로와 힘이 돼요. 때로는 이기적인 면도 있고 실수도 하는 저에게 지인들의 칭찬과 격려는 저를 더 단단하게 만들어주거든요. 가끔 제가 처한 현실이 너무 힘들어서 모든 걸 포기하고 싶을 때도 있었지만, 저를 믿어주고 지지해주는 애인과 지인들이 있어서 힘든 고비를 넘긴 적도 여러 번 있어요. 특히 몇 년째 제 옆에서 항상 저의 편이 되어주는 애인의 위로와 격려가 저를 더 밝고 긍정적인 사람으로 만들어주었어요. 때로는 누구보다 냉철하게, 때로는 누구보다 저의 마음을 잘 헤아려주는 애인이 있어 참 다행이고 감사해요.

저의 이기적인 모습도, 실수하는 모습도 저 자신이기에 그것마저도 인정하고 받아들이려고 해요. 저 자신을 인정하지 않고 사랑해주지 않는다면 누군가를 사랑해주거나 누군가로부터의 사랑도 온전히 받아들일 수 없으니까요. 어쩌면 우리에게 필요한 것은 자신의 부족한 부분을 탓하고 고치려고 하는 마음보다는 있는 그대로를 받아들이는 연습일지도 몰라요.

LA 한 달 살기

요즘 여행지에서 한 달 살기를 하는 사람들이 참 많죠. 이유가 어찌 됐든 다른 곳에서 한 달 살아보기는 참 좋은 경험인 것 같아요. 사람마다 한 달 살기를 하는 이유와 목적은 다르겠지만 다른 이유 중에서도 공통된 이유를 꼽아보자면, 그것은 바로 그동안 바쁘게 살았던 본인에게 주는 휴식이자 보상이라고 생각해요. 한 달 살기를 하기 위해서는 돈과 시간이 필요해요. 하지만, 한 달 살기의 경험은 그 돈과 시간이 아깝지 않을 만큼, 아니 훨씬 더 값진 시간이 될 것이니 꼭 한번 해보길 추천해요.

저는 해마다 여행을 가는데 여행은 제 취미이자 스트레스 해소법이에요. 해마다 저의 경제 여건을 고려하여 어디를 갈지 정하곤 해요. 그동안은 학생이라 돈이 없어 비싼 비용이 들어가는 곳은 엄두도 못 냈어요. 주로 동아시아와 동남아 위주로 여행 다녔죠. 그러다 2019년도에 우연히 저와 친구가 일을 그만둔 시기가 비슷해서 무작정 미국으로 가는 비행기 표를 끊었어요. 그렇게 저와 친구는 미국 한 달 살기를 하고 온 거죠. 당시 인당 총 250만 원으로 한 달 살기를 했으니 정말 싸게 다녀왔다고 할 수 있어요. 우선 모든 여행에서는 비행깃값이 그 여행의 경비를 좌우하잖아요. 저는 미국 가는 비행기를 왕복 50만 원대에 끊어서 저렴한 경비로 다녀올 수 있었어요. 물론 미국 물가가 너무 비싸서 풍족하게 살다오진 못했지만요. 가끔은 한식이 그리울 때도 있었지만, 햄버거를 좋아하는 저와 친구에게는 큰 문제가 되진 않았어요. 양식을 별로 안 좋아하고 짠 음식이 싫은 사람은 잠깐 여행으로 다녀오길 추천해요.

미국에서 가장 좋았던 점은 바로 날씨였어요. 그곳 날씨는 휴대전화로 사진을 찍으면 정말이지 우리가 흔히 말하는 컴퓨터 바탕화면에 나오는 그래픽 같았거든요. 날씨도 좋았지만, 미국 특유의 주택들로 형성된 마을이 꼭 영화의 한 장면 같았어요. 밖으로 나가서 뭔가를 하지 않아도 숙소에서 나와 동네 산책만 해도 힐링이 되었거든요. 그곳에 사는 사람들의 삶의 현장도 한국에 사는 우리들의 모습과 크게 다르지 않았어요. 한국과 다른 것이 있다면 밤 문화가 덜 발달되어 있다는 것이었죠. 물론 24시간 운영하는 몇몇 가게들은 있었는데 주로 햄버거 가게나 클럽 같은 곳이었어요. 또 인상적이었던 것은 미국 사람들은 낯선 사람들에게도 반갑게 인사를 해주는 것이었어요. 택시를 타거나 혹은 숙소를 나와 동네를 거닐면 항상 먼저 인사를 건네는 그들의 밝은 모습에 저와 친구도 자연스럽게 웃으며 인사했던 기억이 나요. 그들의 밝은 인사에 괜히 기분이 좋아지기도 했죠. 미국의 인사문화는 한국에서는 느껴볼 수 없는 여유였어요. 대부분의 사람이 이어폰을 끼고 노래를 듣거나 혹은 게임을 하는 한국 사람들의 모습과는 많이 달랐으니까요.

　어디를 가나 항상 장단점이 존재하기 마련이에요. 미국에서의 생활도 대부분 만족했지만 한 달 동안 살았던 경험으로 볼 때 분명히 한국보다 좋은 점들도 있지만, 한국만큼 살기 좋은 나라는 아니었어요. 사실 항상 여행을 다닐 때마다 느끼는 것이었지만 한국만큼 살기 좋은 나라도 없다는 것을 미국에서의 한 달 살기로 더 확실히 느꼈어요. 그렇다고 미국이 안 좋다는 것이 아니에요. 어쩔 수 없이 한국에서 생활해온 저에게는 한국문화가 더 익숙해져 그렇게 느껴졌던 것이죠. 이민했거나 저처럼 한 달 살기를 해본 사람들은 알아요. 모국만큼 편하고 좋은 곳은 없다는 것을요.

　문화도 다르고 음식도 다른 나라에서 산다는 것은 정말 쉬운 일이 아니에요. 그럼에도 분명 여행의 가치는 있다고 생각해요. 그 나라를 여행함으로써 나와는 또 다른 삶의 현장을 체험하게 되고 더 넓은 세상을 볼 수 있으니까요. 또한, 여행은 혼자만의 여행도 좋지만, 누군가와 함께 한다면 즐거움이 배가 돼요. 맛있는 음식을 먹거나 혹은 아주 예쁜 풍경을 봤을 때 그것을 함께 나눌 사람이 없다면 조금은 아쉬운 마음이 들거든요. 죽을 때까지 하는 게 일인데 지금 잠깐 일을 쉰다고 해서 큰일 나지 않아요. 주변의 눈치가 보여서 망설여질 수도 있고 또래 친구들의 성공 때문에라도 일을 쉬면 안 될 것처럼 느껴질 수도 있어요. 사회로부터, 지인으로부터, 그리고 가족으로부터 떳떳한 사람이 되어야 할 것 같은 부담감이 있을 수도 있어요. 하지만 그런 것마저도 본인의 선택이에요. 본인의 삶은 온전히 나의 것이고 본인 말고는 아무도 책임져줄 사람이 없어요. 이 말은 곧 내가 뭘 하든 아무도 나에게 뭐라고 할 사람이 없다는 뜻이에요. 지금 당장 가고 싶은 곳을 공책에 적어봐요. 그리고 그곳에서의 새로운 만남과 인연을 상상해보는 거죠.

어디든 떠나봐요

해외여행 이야기를 좀 더 해보자면, 저는 일 년에 한 번은 무조건 해외여행을 가요. 여행을 다니기 시작한 지는 얼마 되지 않았어요. 어렸을 적에 북한에서는 친척 집에 가려고 해도 그곳으로 가는 이유와 목적을 밝히는 증명서가 필요해 쉽게 왕래를 못 했거든요. 그래서인지 여행에 대한 환상이 더 컸죠. 현재 저는 해마다 여행하는 것으로 저에게 보상을 주고 있어요. 젊었을 때 뭐든 경험을 많이 하면 좋다고 생각해서 이것저것 활동도 많이 하지만 그중 여행은 빼놓을 수 없는 값진 경험이라고 생각해요. 사람마다 여행의 이유와 취향도 다르겠지만 분명한 것은 여행에서 했던 경험들은 돈 주고도 못 사는 값진 경험이라는 것이에요.

　제가 여행을 시작하게 된 계기는 심적으로 많이 힘들었기 때문이었어요. 혼자 연고도 없는 한국에서 살면서 힘든 일들이 참 많았거든요. 특히, 몇 년 전에 교도소에 있는 엄마가 건강이 많이 안 좋다는 이야기를 동생으로부터 전해 들었어요. 엄마가 아프단 소식에 도와주지 않을 수 없었죠. 당시 저도 학생이어서 모아 둔 돈이 많지는 않았지만, 학기 중에 아르바이트와 근로 장학생으로 일하면서 모아 두었던 돈을 전부 보내줬어요. 다행히 저의 도움으로 엄마의 건강은 많이 회복됐지만, 반면 저에게 남은 것은 아무것도 없었어요. 통장 잔액이 0원이었거든요. 심지어 대안학교 때부터 꾸준히 넣던 청약통장까지 해지해서 보내줬으니까요. 가족이라는 이유로 저의 모든 것을 다 내어줬지만, 저에게 돌아오는 것은 뿌듯함과 동시에 알 수 없는 공허함과 쓸쓸함이었어요. 가족에게 도움을 주고 난 후로 헛헛한 마음에 집에서 한참을 울기도 했어요. 하지만, 0원이 된 통장 잔고를 채우기 위해서라도 다시 일어나야만 했고 아파도 병원에 갈 여유조차 없었죠.

　그 후로 여러 가지 일을 동시에 하면서 다시 돈을 모으기 시작했어요. 그리고 저 자신도 돌봐야겠다고 생각했어요. 가족도 중요하지만, 그만큼 저 자신도 너무 소중했기에 저에게도 뭐든 보상해줘야겠다고 생각했어요. 그리고 그 보상으로 첫 해외여행을 가기로 마음먹었죠. 첫 여행지는 중국 상하이였는데 당시 중국학과에서 학회 부회장이었던 저는 중국어를 할 수 있었기에 학회 친구들을 인솔해서 같이 갔어요. 중국에서 살기 위해 했던 중국어가 한국에 와서 저의 장점이 됐죠. 지금도 중국어로 재능기부를 가끔 하고 있어요. 그렇게 첫 여행을 제가 다 기획하고 인솔해서 다녀왔는데 너무 행복하고 즐거웠어요. 무엇보다 저에게 주는 선물 같아서 더 좋았죠.

　그 후로 저는 해마다 여행 가는 취미가 생겨 가끔은 일

년에 두 번 가기도 해요. 평소에 쇼핑이나 생활비를 좀 아껴 쓰고 일 년에 한 번 여행에 투자하는 거죠. 여행하면 좀 더 넓은 세상을 볼 수 있고 마음의 깊이도 달라져요. 왜 그런 말 있잖아요. 아는 만큼 보인다는 말. 여행하면서 저 말이 무슨 뜻인지 이해하게 됐어요. 그러니 지금 많이 힘들고 지친다면 잠깐 모든 것을 내려놓고 여행을 가는 것도 좋은 방법이에요. 혼자도 좋고, 둘도 좋아요. 몸과 마음이 이끄는 곳으로 이유 없이 어디든 떠나보아요. 그곳에서 또다른 나를 만나기를 바라면서요. 혹시 알아요. 그곳에서 또 어떤 새로운 인생이 펼쳐질지. 막연한 생각처럼 보일수도 있지만, 불가능한 일은 아니잖아요. 적어도 지친 일상에서 온전히 나를 구해줄 시간이 될 거예요.

채찍보다 당근이 필요해

여러분은 자기 자신에게 당근을 얼마나 주시나요? 제가 그동안 사람들을 만나며 느낀 부분이 있는데요. 그건 바로 많은 사람이 자기 자신에게 너무 야박하다는 거예요. 제가 봤을 땐 다들 충분히 열심히 잘살고 있는데 말이죠. 도대체 뭘 더 해야 하는 걸까요? 물론 사람마다 본인이 정해놓은 목표가 있겠죠. 그 목표를 이루기 위해서는 더 큰 노력이 필요한 것일 수도 있어요. 하지만, 가끔은 그 과정에서도 당근이 필요하다고 말해주고 싶어요. 계속해서 잘해야 한다며 채찍질만 한다면 포인트처럼 누적된 채찍질이 어느 순간 내 마음에 구멍을 낼지도 몰라요. 그렇게 구멍 난 마음은 쉽게 메울 수 없어요.

 타인의 위로가 필요한 순간도 분명히 있지만, 그보다는 나 자신을 위로해줘야 할 의무와 책임이 있는 사람은 바로 나 자신이에요. 열심히 돈을 벌어서 사고 싶은 것도 사고, 먹고 싶은 것도 사 먹고, 하고 싶은 것도 하는데도 채워지지 않는 헛헛한 마음이 드는 이유는 뭘까요? 내 마음에 귀를 기울이기보단 잘해야 한다며 채찍질만 한 결과는 아닐까요? 현대인들이 가장 많이 겪고 있는 증상 중의 하나가 바로 우울증이라는 증상이에요. 우울증은 사실 대단한 지병이나 문제가 있어서 생기는 것이 아니에요. 일종의 헛헛한 마음이 지속되는 증상일 뿐이죠. 우울증은 누구나 걸릴 수 있는 증상이에요. 지금 당장 행복하게 잘 살다가도 언제 찾아올지 모르는 것이 우울증이라는 증상이죠. 살면서 모든 일이 순조롭게 잘 풀리면 정말 좋겠지만, 불행하게도 우리에게는 항상 좋은 일만 있을 수는 없으니까요. 누구나 한 번쯤 경험해봤을 것이에요. 안 좋은 일은 한 번에 찾아온다는 것을요. 엎친 데 덮친 격이라는 말처럼요.

　힘든 일이 나에게 닥쳤을 때 그 상황을 어떻게 잘 이겨내는지가 가장 중요해요. 만약 힘든 일이 한 번에 닥친다면 아무리 긍정적으로 잘 이겨내려고 해도 주저앉게 될 거예요. 특히 내 능력으로 해결할 수 없는 일이 닥쳤을 때, 내가 할 수 있는 게 없을 때 쉽게 좌절감에 빠져요. 그런 감정들이 오랫동안 지속되면 우울증이 되는 것이죠. 우울증은 나에게 주어진 상황을 내가 해결할 수 없거나 혹은 충격적인 일을 겪었을 때 그 상황에서 벗어나지 못하면 생길 수 있어요. 우울증에 걸리면 모든 것이 귀찮아지고 삶이 하찮게 여겨지죠. 그래서 극단적인 생각도 하게 되고요. '내가 사는 이유는 뭘까?', '과연 내가 살아갈 이유가 있을까?' 등의 회의적인 생각들이 꼬리에 꼬리를 물고 이어지면서 모든 것을 포기하고 싶어지죠. 하지만, 그전에 한 번만 더 생각해봐요. 과연 나라는 존재가 정말 하찮은 존재인지 말이죠. 어차피 한 번뿐인 인생 힘들고 지치면 그냥 다 내려놓고 본인이 하고 싶은 걸 해보는 것은 어떨까요? 그게 어렵다면 거대한 행복보다는 일상 속의 작은 즐거움을 찾는 재미로 살아보면 어떨까요.

우리는 남에게는 칭찬과 배려를 아끼지 않으면서 정작 본인에게는 칭찬과 배려보다는 채찍질을 더 많이 하는 경향이 있어요. 특히 요즘처럼 모두가 힘든 시기에는 누구보다 나를 아끼고 사랑해주는 연습이 필요해요. 다들 힘들게 살고 있으니 내가 힘든 것도 당연하다고 받아들일 필요는 없어요. 오히려 남들보다 조금 덜 힘들 수 있도록 자신을 돌보는 시간이 필요하죠. 안 그래도 힘든 나를 더 힘들게 할 필요는 없지 않을까요?

오늘 당신의 기분은 어떤가요?

가끔 아무 이유 없이 무기력하고 아무것도 하기 싫은 그런 날이 있어요. 그냥 아무 생각 없이 집에서 쉬고 싶은 날. 그럴 땐 그냥 쉬어도 돼요. 무엇인가를 해야만 할 것 같아서 애써 뭐라도 하려고 안 해도 돼요. 그냥 의식의 흐름대로 하루만 쉬어봐요. 그것도 꽤 괜찮은 휴식이니까요.

평일은 일하느라 바쁘고 주말은 친구 혹은 연인을 만나느라 바쁘죠. 물론 친구나 연인을 만나서 휴식이 된다면 그것 또한 좋은 휴식이에요. 하지만 사람은 누군가를 만나면 에너지를 쓰게 되어 있고 그 에너지를 쓰다 보면 나도 모르게 피로가 누적돼요. 혼자만의 시간을 자주 가지면 좋지만 그렇지 않다면 한 달에 한 번도 좋으니 꼭 본인만의 시간을 갖고 의식의 흐름대로 쉬어보길 바라요. 살다 보면 안 좋은 일이 생기는 날들이 있어요. 회사에서 안 좋은 일이 있을 수도 있고, 집에 안 좋은 일이 생길 수도 있어요. 그런 날은 무엇을 해도 기분이 안 좋죠. 살아가면서 좋은 일만 있으면 좋겠지만 아쉽게도 우리 인생은 좋은 일보다는 안 좋은 일이 생길 때가 훨씬 많아요. 모두가 행복한 일만 생긴다면 참 좋겠지만, 현실은 그렇지 않죠.

또한, 미래가 불투명하다고 나만 남들보다 뒤떨어진 것 같다고 지레짐작하고 걱정할 필요도 없어요. 오지도 않은 미래를 걱정하느라 오늘의 기분을 망칠 이유는 더더욱 없으니까요. 어차피 모든 일은 계획대로 되지 않아요. 그러므로 주어진 오늘 하루에 감사하며 후회 없이 즐겁게 보내야 해요. 내일 무슨 일이 일어날지는 내일이 되어봐야 아는 것이고 미래 또한 마찬가지죠. 현재를 살아가는 우리는 앞으로 일어날 일을 알 수 없어요. 현재를 즐길 수 있는 유일한 방법은 웃어도, 울어도 하루는 지나간다는 사실을 잊지 않는 것이죠. 이왕이면 웃으며 하루를 보내면 더 좋지 않을까요? 적어도 그날의 내 기분은 내가 정할 수 있으니까요.

헛헛한 나의 마음에 보내는 위로

　탈북 후 한국에 와서 정착하기까지 쉼 없이 앞만 보고 달려왔어요. 남들보다 시작이 느려서 더 열심히 살아야 했고 혼자 큰 것부터 사소한 것까지 모두 알아서 해야 해서 여유가 없었죠. 앞만 보고 열심히 살면서 언젠가부터 힘든 현실에 지쳐가고 있는 저를 발견했어요.

　누구도 대신해줄 수 없는 것이 사람의 인생이죠. 아마 가족이 있었어도 저의 삶은 크게 달라지진 않았을 거예요. 물론 혼자인 지금보다는 더 온기가 있는 삶을 살 수 있을 것 같아요. 일을 한 번에 두세 개씩 하면서 몸이 점점 상해서 육체적인 피로뿐만 아니라 정신적인 피로까지 더해졌어요. 힘들게 일한 만큼 돈은 조금 모았지만, 여러 차례에 걸쳐 가족에게 돈을 보내줘야 했어요. 결국, 동생에게 그동안 모아놨던 돈을 전부 보내주었어요. 교도소에서 생긴 엄마의 병이 완치되지 않았기에 치료에 쓰고 생활에 보태서 쓰라고 했어요. 동생은 고맙다는 말과 함께 저의 안부를 물었어요. 동생과의 근 10년 만의 통화였죠. 전화기 너머 들리는 동생의 목소리엔 저의 기억 속의 예쁘고 어린 소녀의 모습은 없었어요. 동생과의 몇 마디 대화에서 동생이 저보다 더 철이 들었다는 것을 느낄 수 있었어요. 지금이라도 동생과 엄마가 함께 생활할 수 있어서 얼마나 다행인지 몰라요. 중국에서 엄마와 지낼 당시에 저만 엄마와 행복한 일상을 보내는 것 같아 항상 동생에게 미안한 마음이었거든요.

저의 도움으로 엄마의 병도 많이 나아지고 동생과 친척들도 생활의 여유가 생겼지만 정작 저에게 남은 건 공허하고 헛헛한 마음뿐이었어요. 당연히 어떤 대가를 바라고 도 와준 건 아니지만, 외롭고 쓸쓸한 마음이 드는 건 어쩔 수 없었어요. 가족도 나의 삶을 대신해 줄 수는 없으니까요. 가족이라는 이유로 모든 것을 내어주었지만 저에게 남은 건 헛헛함과 외로움뿐이었고 누구에게도 위로받을 수 없 었어요. 특히 요즘은 저뿐만 아니라 많은 사람이 그렇죠. 다들 본인에게 칭찬과 위로가 필요하다는 사실조차 인지 하지 못하고 남들을 위로해주기에 바빠요. 누군가를 위로 해준다는 것은 참 좋은 일이에요. 하지만 그전에 본인의 마음을 잘 살필 수 있어야 해요. 스스로 잘한 일에 대해서 칭찬해주고 위로해줄 수 있어야 하죠. 물론 쉽지는 않아 요. 모든 일이 처음부터 잘 되는 것이 없듯이 자신에게 칭 찬과 위로를 건네는 것도 연습이 필요하죠. 그래야 상대 방에게도 밝고 긍정적인 에너지를 전할 수 있어요.

가족과 친구를 돕는 일은 참 좋은 일이지만 그전에 본인 의 상태를 먼저 확인해볼 필요가 있어요. 오늘 본인의 기 분은 어떤지, 또 힘든 일은 없었는지 하루 동안 있었던 일들을 생각해보면서 힘들었던 나의 마음에 위로를 건네는 거죠. 누가 뭐래도 오늘 하루 최선을 다했으니까 칭찬받을 자격이 충분히 있다고요.

어른아이

대안학교 다닐 때까지만 해도 부모님의 부재를 크게 못
느끼고 살았어요. 새터민들이 설과 같은 명절 때가 되면
갈 곳이 없어 외롭다고 말하는 것을 종종 들었어요. 그때
까지만 해도 외롭다고 말하는 어른들을 보면서 '왜 어른
이 어린 나보다 더 고향을 그리워하고 외로워하지?' 하고
생각하곤 했었어요. 어쩌면 부모님이 볼 수 없는 곳(북한)
에 계셔서 아예 단념하고 살아서 그랬던 것인지도 모르겠
어요. 그 당시에는 그립다는 감정보다는 오히려 혼자서도
지금까지 잘 살아왔으니 앞으로도 부모님의 도움 없이 잘

살 수 있을 것이라는 확신이 있었거든요. 결론부터 말하면 청소년 시절과 다르게 성인이 된 지금은 절대 그렇지 않다는 것이에요.

한 살씩 나이가 들어갈수록 부모님의 빈자리는 더욱 크게 느껴지고 그리운 감정 또한 깊어져 가요. 성인이 되어서야 그때의 생각이 철없는 어린아이의 생각이었다는 것을 깨닫게 되었어요. 살다 보니 누군가의 도움 없이 살아간다는 건 참 어려운 일이라는 것도 깨달았고요. 초등학교 2학년 때 엄마가 행방불명되고, 다음 해 아빠는 선박 사고로 세상을 떠났어요. 당시 10살이었던 저는 어린 동생과 함께 엄마, 아빠의 빈자리를 서로 채워주며 살았어요. 너무 어린 나이에 부모님 없이 살면서 뜻하지 않게 철이 일찍 들어버렸죠. 저와 동생은 같이 살고 싶었지만, 친척들의 생활 형편이 넉넉하지 않은 탓에 서로 떨어져 살 수밖에 없었어요. 동생은 막내 이모 집에서 살게 되었고 저는 외할머니 집에서 지내면서 여기저기 친척 집들을 떠돌며 살았어요. 그러다 탈북하기 전 이모 집에서 잠깐 함께 지내게 되었죠. 그러던 어느 날 저녁, 그렇게 무뚝뚝하던 동생이 갑자기 제 옆에 와서 눕더니 조용히 말을 꺼냈어요.

"언니, 나 죽으려고 이모 몰래 약 먹은 적 있었어. 근데 더 많이 먹었어야 했나 봐. 안 죽더라?"

"……."

저는 동생의 이야기를 듣고 너무 놀라서 무슨 말을 해줘야 할지 몰라 망설이다 조용히 말을 꺼냈어요.

"죽고 싶을 만큼 힘들었어?"

"응, 그래서 약 먹은 날 집에 안 들어가고 무지개다리 밑에서 밤새웠어."

"이모가 찾지 않았어??"

"찾았는데 그냥 안 들어갔어."

동생과의 짧은 대화는 너무 충격적이었어요. 그동안 여

기저기 떠돌아다니면서 눈칫밥 먹으며 살았던 제가 가장 힘들다고 생각했는데, 동생은 어린 나이에 죽음까지 생각했다니 놀라지 않을 수가 없었죠. 동생의 이야기를 듣기 전까지 저는 일찍 철이 들어 스스로 굉장히 어른스럽다고 생각했지만, 성인이 된 지금 과거의 저를 돌아보면 또래들보다 조금 더 일찍 철이 든 어린아이였을 뿐이었어요. 어릴 적 저의 모습과 대안학교 당시 저의 모습을 생각해보면 어렸을 적에 부모님으로부터 받지 못했던 애정 결핍으로 인해 어른이지만 아직도 아이 같은 모습들이 남아 있거든요. 그럼에도 저는 '어른아이'의 모습 그대로를 사랑하려고 해요. 어릴 적 마땅히 누렸어야 할 동심을 못 누렸던 저에게 주는 보상인 거죠.

고마운 사람들

지금 생각해보면 제 삶의 모든 순간엔 늘 누군가의 도움의 손길이 있었어요. 남들보다 조금 일찍 시작된 외롭고 힘들었던 어린 시절, 위험한 탈북의 순간, 그리고 한국에 입국 후 정착하기까지 알게 모르게 도움의 손길들이 많았더라고요. 특히, 아무도 없는 낯선 이곳에서 성인도 아닌 청소년이 혼자 정착하는 데는 누군가의 도움 없이는 힘든 일이었어요. 물론 성인이어도 정착이 힘든 것은 마찬가지지만요. 같은 민족이지만 오랜 분단 생활로 인한 문화 차이는 상당했어요. 특히 자본주의 문화와 사회주의 문화는 매우 큰 차이점이 있었죠. 같은 언어를 사용하는 외국인이라고 해도 과언이 아니었으니까요. 그렇기에 성인이든, 청소년이든 한국에 오면 이곳 사람들의 안내와 도움이 없다면 적응하기가 쉽지 않아요.

　국정원부터 시작해서 하나원까지 약 6개월이라는 시간 동안 한국 사회 정착에 필요한 기초적인 교육을 받지만, 교육은 어디까지나 교육이지 실생활과는 달라요. 하나원에서는 성인과 청소년 모두에게 컴퓨터 타자 연습부터 시켜요. 사회에 나가면 모든 일이 컴퓨터로 이뤄지니 적어도 키보드의 위치라도 익혀둬야 한다는 취지였죠. 키보드 자리 익히기부터 시작한 사람들은 퇴소할 때쯤 되면 제법 영어 타자도 잘 치게 돼요. 하지만 사회는 타자만 잘 친다고 해서 잘 살아갈 수 있는 곳이 아니에요. 하나원에 있을 때는 몰랐던 것들을 실제 생활에서 하나씩 배워나가야 하죠. 그래서 각 구청 관할센터에서 도우미분들이 나와서 도와줘요. 아무것도 모르는 사회초보자들에게는 그분들의 도움이 얼마나 큰 도움이 되는지 몰라요. 저 또한 청소년 시기에 와서 여러 사람의 도움을 받았어요. 하나둘 학교에서 담임선생님들의 도움과 현재 제가 사는 곳의 관할 센터 도우미분들, 교회 집사님, 목사님들 등 이외에도 많은 분들의 도움을 받았어요.

사람은 혼자 태어나 혼자 죽는다지만 적어도 살아가는 동안에는 혼자만의 힘으로 살아갈 수 없다는 것을 이번 기회를 통해 알게 되었어요. 물론 혼자 해결해야 하는 일들이 훨씬 더 많지만 가끔은 절실하게 누군가의 도움이 필요할 때가 있어요. 제가 그동안 여러 사람의 도움을 받으며 살아왔듯이 저도 누군가에게 도움이 될 수 있는 사람이 되고자 노력하고 있어요. 경제적이든, 재능이든 제가 할 수 있는 일이라면 최선을 다해 도우려고 해요. 저의 현재 상황으로는 경제적으로 다른 누군가를 도와주기는 어렵지만, 재능기부는 충분히 할 수 있다고 생각하여 기회가 있으면 최선을 다해서 하고 있어요. 저에게 도움을 주었던 분들이 직업 때문에 했든, 봉사 때문에 했든 그것은 별로 중요하지 않아요. 저에게 도움을 주었다는 사실이 중요하죠.

　한국에 오기 전까지만 해도 세상에 저를 도와줄 사람은 아무도 없고 오직 저만의 힘으로 살아가야 한다고 생각했어요. 실제로 당시에는 저를 도와줄 사람은 아무도 없었죠. 지금 생각해보면 중국에서 한국으로 갈 수 있게 브로커를 연결해 준 이모도 저에게 도움을 준 사람 중 한 명이었어요. 한때 엄마와 친하게 지내던 이모였는데 엄마가 북송된 후로는 더 이상 저와는 친분이 있는 관계가 아니었죠. 그럼에도 불구하고 도움을 청할 사람이 그 이모밖에 없어 염치를 무릅 쓰고 이모에게 부탁했었어요. 어디든 좋으니 저를 새아빠 집에서만 나가게 해 달라고 말이죠. 지금 생각해보면 어쩌면 그 이모가 저의 생명의 은인이에요. 만약 당시에 이모가 저를 한국으로 갈 수 있게 브로커를 연결해주지 않았다면 저는 어떻게 됐을지 상상조차 안 가니까요. 물론 이모는 저를 소개해 준 대가로 브로커로부터 돈을 받았겠지만, 그 돈이 얼마인지는 중요하지 않아요. 제가 원해서 해준 것이니까요. 그곳에서 아무것도 안 하고 마치 시한부 선고라도 받은 듯이 앉아서 죽음을 기다리고 싶지는 않았어요. 이래도 저래도 죽을 목숨이라면 살길을 찾다 죽는 편이 낫다고 생각했죠. 그 결단을 내리기까지 많은 시간이 걸리지 않았어요. 목숨이 걸린 일임에도 그렇게 빠른 결정을 내린 것을 보면 당시 중국에서의 삶이 얼마나 고되고 지옥 같았는지 알 수 있죠. 하루하루가 숨 막힘의 연속이었어요.

그동안의 제 삶을 돌아보면 항상 혼자라고만 생각했었는데 그렇지 않았어요. 사실은 제 옆에는 항상 누군가의 도움의 손길들이 있었는데 성인이 된 지금에서야 알게 된 거죠. 혹시 지금 많이 힘들고 스스로가 외톨이처럼 느껴진다면 조용히 눈을 감고 생각해보길 바라요. 당신의 과거에는 어떤 사람들이 있었는지, 그리고 현재는 어떤 사람들과 어울리며 살아가고 있는지를요. 사실 도움의 손길은 직접적인 것도 있지만, 꼭 그것만이 다는 아니에요. 옆에서 묵묵히 곁을 지켜주고 믿어주는 가족이나, 친구, 연인이 당신의 삶에 매우 큰 도움이 되고 있어요. 언제 전화해도 반갑게 전화를 받아주는 친구 혹은 가끔 짜증 내도 사랑하는 사람이라는 이유만으로 다 받아주고 있는 연인에게도 감사의 인사를 전하길 바라요. 다시 한번 말하지만 도움을 주고 있는 사람은 멀리 있는 것이 아니에요. 항상 곁에 있는 사람들이죠. 당신 또한 누군가에겐 매우 고마운 존재라는 것도 잊지 않길 바라요. 우리 모두 도움의 손길이 필요함과 동시에 도움을 줄 수 있는 소중한 사람이라는 사실을 기억해요.

사랑하고, 고맙습니다

저는 지금까지 살면서 부모님에게 "사랑합니다, 감사합니다." 등의 표현을 제대로 해본 적이 없어요. 너무 어렸을 적에 부모님과 이별하게 되어서 같이 생활한 날도 많지 않지만요. 그때는 왜 이런 표현을 모르고 살았는지 모르겠어요. 잠깐이었지만, 부모님에게 짜증 내고 투정 부렸던 기억만 더 나는 것 같아요. 또래 다른 친구들 부모님과 비교하고 장난감 사달라고 조르며 철없이 굴기도 했어요. 없는 살림에도 저와 동생을 굶기지 않으려고 애써준 부모님이었는데 말이죠. 지금도 제가 갖고 싶은 것이나 먹고 싶은 게 있으면 꼭 손에 쥐어야만 직성이 풀리는 성격인데 어릴 땐 더 심했거든요. 때로는 참을 줄도 알아야 한다는 걸 그땐 몰랐으니까요. 지금도 기억나는 건 엄마가 옷장사를 막 시작했을 때 저와 여동생에게 공주 드레스를 입혀줬던 거예요. 여자아이들이라면 누구나 입어 보고 싶어 했던 드레스였죠. 지금 생각해보면 부모님은 없는 살림에도 저와 동생에게 부족함 없이 해주려고 노력을 많이 하셨어요. 그런 부모님의 마음도 모르고 철없이 굴었으니 얼마나 속상하셨을까요. 제가 뭘 사달라고 할 때마다 엄마가 늘 하던 말이 있었어요.

"나중에 엄마가 더 좋은 거로 사줄게! 알겠지?"

엄마의 달콤한 말에 저는 다음에는 꼭 사줘야 한다며 손도장을 찍으며 약속하곤 했어요. 그때는 엄마의 말을 다 믿었거든요. 지금 생각해보면 당시 엄마의 마음이 어땠을지 조금은 알 것 같아요. 엄마가 행방불명된 후 철없이 굴었던 제 모습이 떠올라 엄마에 대한 미안함이 밀려왔어요.

그 후 7살이 된 동생과 제가 함께 지내는 시간이 많았어요. 아빠는 일 다니느라 저녁에만 들어왔거든요. 가끔 출장 가거나 하면 저와 동생 둘이서 자는 날도 많았죠. 그러던 어느 날 동생이 제게 이런 질문을 했어요.

"언니, 혹시 엄마 얼굴 기억나?"
"당연하지!! 왜 넌 기억 안 나?"
"응."
"……."

동생의 대답을 듣고 무슨 말을 해줘야 할지 몰라 한참을 망설였어요. 동생은 그런 저를 보고 괜히 미안했는지 그래도 괜찮다며 본인이 계속 엄마 얼굴을 기억하려고 노력하면 된다며 오히려 저를 위로해줬어요. 생각해보면 동생이 엄마의 얼굴이 기억 안 난다고 하는 건 당연한 일인지도 몰라요. 너무 어린 나이에 엄마와 이별했으니까요. 특히 엄마는 행방불명되기 전에도 집에 있는 시간보다는 옷장사를 한다고 여러 지방을 다녀서 집에 없는 날이 더 많았거든요. 그래서 동생의 기억 속엔 엄마의 얼굴이 더 희미할 수밖에 없었죠. 게다가 엄마와의 추억도 많이 없었으니까요. 엄마 얼굴이 기억 안 난다는 동생의 한마디는 저에게 많은 생각을 하게 했어요. 그 후로 저는 동생에게 엄마의 얼굴을 기억할 수 있도록 사진을 자주 보여주었어요.

돌이켜보면 우리 가족 모두가 힘든 시간을 보냈더라고요. 아빠는 아빠대로, 엄마는 엄마대로, 동생은 동생대로, 저는 저대로 각자 힘든 시기를 보내고 있었어요. 그렇게 힘든 상황 속에서 엄마는 어떻게든 돈을 벌어보겠다고 집을 떠났고, 우리에겐 행방불명이라는 결과로 돌아왔죠. 어려운 상황 속에서도 가족을 위해 노력해준 엄마, 고맙습니다. 그리고 엄마가 행방불명된 이후 우리를 먹여 살려야 한다는 책임감에 많이 힘들어했던 아빠, 고맙습니다. 앞으로 무슨 일이 있어도 너희 둘은 아빠가 책임지겠다던 아빠의 모습 지금도 선명하게 기억나요. 누군가는 부모로서 당연한 도리라고 생각할 수도 있지만, 세상의 모든 부모가 그렇진 않잖아요. 지금 생각해도 부모님께 참 감사한 마음이 들어요. 아빠는 가끔 술 마시고 폭력적인 모습도 있었지만, 자식들에 대한 사랑이 크셨던 분이셨어요. 이글을 통해 돌아가신 우리 아빠와 고향(북한)에 계신 엄마에게 감사하다는 말을 전해요. 하늘 어디선가 보고 있을 우리 아빠, 그리고 지금은 만날 수 없지만 언젠가는 꼭 보고 싶은 우리 엄마, 사랑하고 고맙습니다. 그리고 미안해요.

사랑한다는 말, 감사하다는 말은 아끼지 않았으면 좋겠어요. 그런 말 있잖아요. 부모님은 살아계실 때 잘 해드려야 한다는 말. 정말 맞는 말이에요. 부모님뿐만 아니라 현재 내 곁에 있는 소중한 이들에게 사랑한다는 말과 감사하다는 말을 전해주면 좋겠어요. 사랑하고 고맙다고요.

외롭지만 불행하진 않아

18살에 탈북해 연고가 아무도 없는 이곳에서 대학교를 졸업하고 평범한 회사원이 되기까지 참 쉽지 않은 과정이었어요. 요즘처럼 취업난으로 힘든 시기에 취업해서 일하는 것만으로도 감사한 일이죠. 하지만, 아침 일찍 일어나 출근 준비하고 사람들이 붐비는 전철을 타고 출퇴근하는게 힘든 건 사실이에요. 출근길에 오른 많은 인파에 떠밀려 지하철을 타고 회사에 도착하면 이미 진이 빠져요. 그래도 다행인 건 회사가 서울에 있다는 것이에요. 출퇴근 시간이 기본 편도로 1시간 반은 족히 걸리는 사람들에 비하면 저는 행운이죠. 그럼에도 퇴근 후 사람들로 북적이는 지하철을 타고 집에 오면 기운이 쏙 빠져 씻을 힘마저 없어요.

저는 집에 오면 가장 먼저 TV부터 켜는 습관이 있어요. 아마도 임대주택을 받은 날부터였던 같아요. 꼭 TV를 보진 않아도 집안에 정적이 흐르는 게 싫어 일부러 켜놓게 되었거든요. 가끔 집에 놀러 오는 지인들은 그런 저의 모습을 보고 신기하다고 하더라고요. 어떻게 집에 들어오자마자 옷도 안 벗고 가방도 내려놓지 않은 채 TV부터 켜냐고요.

이 집을 신청해서 받기 전까지 단체 생활했던 저에게 저만의 시간을 보낼 수 있는 독립된 공간이 있다는 것만으로도 행복하고 감사한 일이에요. 하지만, 가끔 불청객처럼 외로움과 쓸쓸함이 찾아오기도 해요. 이 또한, 혼자 살면 받아들여야 하는 부분이죠. 특히 일을 마치고 집으로 돌아왔을 때 온기 하나 없이 캄캄한 방을 보면 누군가 집에서 기다리고 있으면 좋겠다고 생각하곤 해요. 하지만 현실은 적막한 공기와 가전제품들에서 나는 소음뿐이죠. 그렇게 집 안의 적막한 기운을 느끼기 싫어서 시작한 TV 켜기는 이제는 집에 와서 안 하면 안 되는 일과 중 하나가 되었어요.

가끔, 힘든 날은 TV를 보며 시원한 맥주 한잔을 마셔요. 열심히 하루를 보낸 보상으로요. 그리고 건강하기 위해 스트레칭과 홈트레이닝도 꾸준히 하려고 노력해요. 그중에서도 매일 빼놓지 않고 하는 것이 바로 일기 쓰는 거예요. 그리곤 포근한 이불 속에 누워 조용히 눈을 감고 오늘 하루 있었던 일들을 되짚어 봐요. 오늘 하루 내가 실수한 건 없는지, 혹은 누군가에게 상처를 준 일은 없는지 하고요. 그리고 내일 해야 할 일들을 미리 머릿속으로 정리하고 잠이 들어요. 지친 하루의 피로를 포근히 안아 주는 저만의 아지트. 때로는 적막할 정도로 고요한 집이지만, 그 고요함이 저에겐 얼마나 포근하고 위로가 되는지 몰라요. 적어도 때로는 외로울지언정 더 이상의 불행한 삶을 살고 있진 않으니까요.

에필로그

출근하고, 글 쓰고, 주말엔 쉬고 특별할 게 없는 매일 반복되는 일상을 보내던 1월의 어느 날. 꿈공장플러스 출판사로부터 아주 기쁜 소식을 받았어요. 그날도 평소와 같이 출근 후 직원들과 함께 점심을 먹으러 갔을 때였어요. 불쑥 꿈공장플러스 출판사 편집장님으로부터 통화가 가능하냐는 연락이 왔어요. 저는 무슨 소식인지도 몰랐지만, 왠지 모르게 좋은 일일 것 같다는 느낌이 들었어요. 그렇게 콩닥거리는 설렘을 안고 회사로 들어와 바로 편집장님께 전화를 걸었어요.

"작가님, 증쇄 찍어야 할 것 같아요."

수화기 너머로 들리는 편집장님의 말을 듣는 순간 얼마나 기쁘고 벅찼는지, 그 순간의 감정을 말로 다 표현할 수가 없어요. 드디어 그동안의 나의 노력이 증쇄라는 결과로 이어진 것 같아 뭉클했거든요. 그날 하루는 곧 증쇄 찍는다는 소식에 하루종일 싱글벙글 기뻐했던 기억이 나요. 새해가 시작되고 얼마 지나지 않았을 때라 마치 새해 선물을 받은 것 같은 느낌이었다고나 할까요.

사실 책 출간 후 오랫동안 책 홍보를 멈추지 않고 정말 열심히 했거든요. 비록 시간이 꽤 걸리긴 했지만요. 그동안의 제 노력이 헛되지 않았다는 걸 인정받은 것 같아 더 기뻤어요. 하지만, 늘 그렇듯 모든 일은 목표를 이루면 또 새로운 목표가 생기죠. 증쇄를 시작으로 이번 제 목표는 베스트셀러 작가가 되는 것이에요. 제 인생의 모토가 '꿈은 크게, 노력은 게을리하지 않는 것'이거든요. 하지만, 그전에 누군가의 마음에 따뜻한 울림을 주는 진솔한 글을 쓰는 작가가 되고 싶어요. 삶이 엉망진창일 때, 누군가의 도움이 절실히 필요한 누군가에게 제 글이 포근한 위로가 되었으면 좋겠거든요. 세상의 모든 창작물은 모두 누군가의 소비가 있기에 가능하죠. 제 책 또한 독자분들의 사랑과 관심이 있었기에 여기까지 올 수 있었어요. 많은 책 중에서 제 책을 선택하고 읽어주신 모든 독자분들께 진심으로 감사한 마음을 전합니다. 고맙습니다.

외롭지만 불행하진 않아

초판 1쇄 발행	2021년 2월 10일
2쇄 개정판 발행	2024년 4월 12일

지은이	이소원

펴낸이	이장우
책임편집	송세아
디자인	theambitious factory
편집 제작	안소라 김소은
관리	김한다 한주연
인쇄	KUMBI PNP

펴낸곳	도서출판 꿈공장플러스
출판등록	제 406-2017-000160호
주소	서울시 성북구 보국문로 16가길 43-20 꿈공장 1층

이메일	ceo@dreambooks.kr
홈페이지	www.dreambooks.kr
인스타그램	@dreambooks.ceo

전화번호	02-6012-2734
팩스	031-624-4527

* 저자 고유의 '글맛'을 위해 맞춤법 및 표현 등은 저자의 스타일을 따릅니다.

ISBN	979-11-92134-66-6
정가	15,800원